AF468420

GEORGE SAND ILLUSTRÉ PAR TONY JOHANNOT
ET MAURICE SAND

PAULINE

PRÉFACE ET NOTICE NOUVELLE

Prix : 50 centimes

PARIS
MICHEL LÉVY FRÈRES, LIBRAIRES ÉDITEURS
2 BIS, RUE VIVIENNE, ET BOULEVARD DES ITALIENS, 15
A LA LIBRAIRIE NOUVELLE

MICHEL LÉVY FRÈRES, ÉDITEURS
2 BIS, RUE VIVIENNE

NOUVELLE ÉDITION

LIBRAIRIE NOUVELLE
15, BOULEVARD DES ITALIENS

PAULINE

NOTICE

J'avais commencé ce roman en 1832, à Paris, dans une mansarde où je me plaisais beaucoup. Le manuscrit s'égara : je crus l'avoir jeté au feu par mégarde, et comme, au bout de trois jours, je ne me souvenais déjà plus de ce que j'avais voulu faire (ceci n'est pas mépris de l'art ni légèreté à l'endroit du public, mais infirmité véritable), je ne songeai point à recommencer. Au bout de dix ans environ, en ouvrant un *in-quarto* à la campagne, j'y retrouvai la moitié d'un volume manuscrit intitulé *Pauline*. J'eus peine à reconnaître mon écriture, tant elle était meilleure que celle d'aujourd'hui. Est-ce que cela ne vous est pas souvent arrivé à vous-même, de retrouver toute la spontanéité de votre jeunesse et tous les souvenirs du passé dans la netteté d'une majuscule et dans le laisser-aller d'une ponctuation ? Et les fautes d'orthographe que tout le monde fait, et dont on se corrige tard, quand on s'en corrige, est-ce qu'elles ne repassent pas quelquefois sous vos yeux comme de vieux visages amis ? En relisant ce manuscrit, la mémoire de la première donnée me revint aussitôt, et j'écrivis le reste sans incertitude.

Sans attacher aucune importance à cette courte peinture de l'esprit provincial, je ne crois pas avoir faussé les caractères donnés par les situations; et la morale du conte, s'il faut en trouver une, c'est que l'extrême gêne et l'extrême souffrance, sont un terrible milieu pour la jeunesse et la beauté. Un peu de goût, un peu d'art, un peu de poésie ne seraient point incompatibles, même au fond des provinces, avec les vertus austères de la médiocrité; mais il ne faut pas que la médiocrité touche à la détresse; c'est là une situation que ni l'homme ni la femme, ni la vieillesse ni la jeunesse, ni même l'âge mûr, ne peuvent regarder comme le développement normal de la destinée providentielle.

GEORGE SAND.

30 mars 1852.

I.

Il y a trois ans, il arriva à Saint-Front, petite ville fort laide qui est située dans nos environs et que je ne vous engage pas à chercher sur la carte, même sur celle de Cassini, une aventure qui fit beaucoup jaser, quoiqu'elle n'eût rien de bien intéressant par elle-même, mais dont les suites furent fort graves, quoiqu'on n'en ait rien su.

C'était par une nuit sombre et par une pluie froide. Une chaise de poste entra dans la cour de l'auberge du *Lion couronné*. Une voix de femme demanda des chevaux, *vite*, *vite!*... Le postillon vint lui répondre fort lentement que cela était facile à dire; qu'il n'y avait pas de chevaux, vu que l'épidémie (cette même épidémie qui est en permanence dans certains relais sur les routes peu fréquentées) en avait enlevé trente-sept la semaine dernière; qu'enfin on pourrait partir dans la nuit, mais qu'il fallait attendre que l'attelage qui venait de conduire la patache fût un peu rafraîchi. — Cela sera-t-il bien long? demanda le laquais empaqueté de fourrures qui était installé sur le siége. — C'est l'affaire d'une heure, répondit le postillon à demi débotté; nous allons nous mettre tout de suite à manger l'avoine.

Le domestique jura; une jeune et jolie femme de chambre qui avançait à la portière sa tête entourée de foulards en désordre, murmura je ne sais quelle plainte touchante sur l'ennui et la fatigue des voyages. Quant à la personne qu'escortaient ces deux laquais, elle descendit lentement sur le pavé humide et froid, secoua sa pelisse doublée de martre, et prit le chemin de la cuisine sans proférer une seule parole.

C'était une jeune femme d'une beauté vive et saisissante, mais pâlie par la fatigue. Elle refusa l'offre d'une chambre, et, tandis que ses valets préférèrent s'enfermer et dormir dans la berline, elle s'assit, devant le foyer, sur la chaise classique, ingrat et revêche asile du voyageur résigné. La servante, chargée de veiller son quart de nuit, se remit à ronfler, le corps plié sur un banc et la face appuyée sur la table. Le chat, qui s'était dérangé avec humeur pour faire place à la voyageuse, se blottit de nouveau sur les cendres tièdes. Pendant quelques instants il fixa sur elle des yeux verts et luisants pleins de dépit et de méfiance; mais peu à peu sa prunelle se resserra et s'amoindrit jusqu'à n'être plus qu'une mince raie noire sur un fond d'émeraude. Il retomba dans le bien-être égoïste de sa condition, fit le gros dos, ronfla sourdement en signe de béatitude, et finit par s'endormir entre les pattes d'un gros chien qui avait trouvé moyen de vivre en paix avec lui, grâce à ces perpétuelles concessions que, pour le bonheur des sociétés, le plus faible impose toujours au plus fort.

La voyageuse essaya vainement de s'assoupir. Mille images confuses passaient dans ses rêves et la réveillaient en sursaut. Tous ces souvenirs puérils qui obsèdent parfois les imaginations actives se pressèrent dans son cerveau et s'évertuèrent à le fatiguer sans but et sans fruit, jusqu'à ce qu'enfin une pensée dominante s'établit à leur place.

« Oui, c'était une triste ville, pensa la voyageuse, une ville aux rues anguleuses et sombres, au pavé raboteux; une ville laide et pauvre comme celle-ci m'est apparue à travers la vapeur qui couvrait les glaces de ma voiture. Seulement il y a dans celle-ci un ou deux, peut-être trois réverbères, et là-bas il n'y en avait pas un seul. Chaque piéton marchait avec son falot après l'heure du couvre-feu. C'était affreux, cette pauvre ville, et pourtant j'y ai passé des années de jeunesse et de force! J'étais bien autre alors... J'étais pauvre de condition, mais j'étais riche d'énergie et d'espoir. Je souffrais bien! ma vie se consumait dans l'ombre et dans l'inaction; mais qui me rendra ces souffrances d'une âme agitée par sa propre puissance? O jeunesse du cœur! qu'êtes-vous devenue?... » Puis, après ces apostrophes un peu emphatiques que les têtes exaltées prodiguent parfois à la destinée, sans trop de sujet peut-être, mais par suite d'un besoin inné qu'elles éprouvent de dramatiser leur existence à leurs propres yeux, la jeune femme sourit involontairement, comme si une voix intérieure lui eût répondu qu'elle était heureuse encore; et elle essaya de s'endormir, en attendant que l'heure fût écoulée.

La cuisine de l'auberge n'était éclairée que par une lanterne de fer suspendue au plafond. Le squelette de ce luminaire dessinait une large étoile d'ombre tremblotante sur tout l'intérieur de la pièce, et rejetait sa pâle clarté vers les solives enfumées du plafond.

L'étrangère était donc entrée sans rien distinguer autour d'elle, et l'état de demi-sommeil où elle était l'avait d'ailleurs empêchée de faire aucune remarque sur le lieu où elle se trouvait.

Tout à coup l'éboulement d'une petite avalanche de cendre dégagea deux tisons mélancoliquement embrassés; un peu de flamme frissonna, jaillit, pâlit, se ranima, et grandit enfin jusqu'à illuminer tout l'intérieur de l'âtre. Les yeux distraits de la voyageuse, suivant machinalement ces ondulations de lumière, s'arrêtèrent tout à coup sur une inscription qui ressortait en blanc sur un des chambranles noircis de la cheminée. Elle tressaillit alors, passa la main sur ses yeux appesantis, ramassa un bout de branche embrasée pour examiner les caractères, et la laissa retomber en s'écriant d'une voix émue: — Ah Dieu! où suis-je? est-ce un rêve que je fais?

A cette exclamation, la servante s'éveilla brusquement, et, se tournant vers elle, lui demanda si elle l'avait appelée.

— Oui, oui, s'écria l'étrangère; venez ici. Dites-moi, qui a écrit ces deux noms sur le mur?

— Deux noms? dit la servante ébahie; quels noms?

— Oh! dit l'étrangère en se parlant avec une sorte d'exaltation, son nom et le mien, Pauline, Laurence! Et cette date! 10 *février* 182...! Oh! dites-moi, dites-moi pourquoi ces noms et cette date sont ici?

— Madame, répondit la servante, je n'y avais jamais fait attention, et d'ailleurs je ne sais pas lire.

— Mais où suis-je donc? comment nommez-vous cette ville? N'est-ce pas Villiers, la première poste après L...?

— Mais non pas, Madame; vous êtes à Saint-Front, route de Paris, hôtel du *Lion couronné*.

— Ah ciel! s'écria la voyageuse avec force en se levant tout à coup.

La servante épouvantée la crut folle et voulut s'enfuir; mais la jeune femme l'arrêtant:

— Oh! par grâce, restez, dit-elle, et parlez-moi! Comment se fait-il que je sois ici? Dites-moi si je rêve? Si je rêve, éveillez-moi!

— Mais, Madame, vous ne rêvez pas, ni moi non plus, je pense, répondit la servante. Vous vouliez donc aller à Lyon? Eh bien! mon Dieu, vous aurez oublié de l'expliquer au postillon, et tout naturellement il [illegible] vous alliez à Paris. Dans ce temps-ci, toutes [illegible] de poste vont à Paris.

— Mais je lui ai dit moi-même que j'allais à Lyon!

— Oh dame! c'est que Baptiste est sourd à [illegible] entendre le canon, et avec cela qu'il dort sur son cheval la moitié du temps, et que ses bêtes sont accoutumées à la route de Paris dans ce temps-ci...

— A Saint-Front! répétait l'étrangère. Oh! singulière destinée qui [illegible] aux lieux que je voulais fuir! J'ai fait un détour pour ne point passer ici, et, parce que je me suis endormie deux heures, le hasard m'y conduit à mon insu! Eh bien! c'est Dieu peut-être qui le veut. Sachons ce que je dois retrouver ici de joie ou de douleur. Dites-moi, ma chère, ajouta-t-elle en s'adressant à la fille d'auberge, connaissez-vous dans cette ville mademoiselle Pauline D...?

— Je n'y connais personne, Madame, répondit la fille; je ne suis dans ce pays que depuis huit jours.

— Mais allez me chercher une autre servante, quelqu'un! je veux le savoir! Puisque je suis ici, je veux tout savoir. Est-elle mariée? est-elle morte? Allez, allez, informez-vous de cela; courez donc!

La servante objecta que toutes les servantes étaient

couchées, que le garçon d'écurie et les postillons ne connaissaient au monde que leurs chevaux. Une prompte libéralité de la jeune dame la décida à aller réveiller *le chef*, et, après un quart d'heure d'attente, qui parut mortellement long à notre voyageuse, on vint enfin lui apprendre que mademoiselle Pauline D... n'était point mariée, et qu'elle habitait toujours la ville. Aussitôt l'étrangère ordonna qu'on mît sa voiture sous la remise et qu'on lui préparât une chambre.

Elle se mit au lit en attendant le jour, mais elle ne put dormir. Ses souvenirs, assoupis ou combattus longtemps, reprenaient alors toute leur puissance; elle reconnaissait toutes les choses qui frappaient sa vue dans l'auberge du *Lion couronné*. Quoique l'antique hôtellerie eût subi de notables améliorations depuis dix ans, le mobilier était resté à peu près le même; les murs étaient encore revêtus de tapisseries qui représentaient les plus belles scènes de l'Astrée; les bergères avaient des reprises de fil blanc sur le visage, et les bergers en lambeaux flottaient suspendus à des clous qui leur perçaient la poitrine. Il y avait une monstrueuse tête de guerrier romain dessinée à l'estompe par la fille de l'aubergiste, et encadrée dans quatre baguettes de bois peint en noir; sur la cheminée, un groupe de cire, représentant Jésus à la crèche, jaunissait sous un dais de verre filé.

— Hélas! se disait la voyageuse, j'ai habité plusieurs jours cette même chambre, il y a douze ans, lorsque je suis arrivée ici avec ma bonne mère! C'est dans cette triste ville que je l'ai vue dépérir de misère et que j'ai failli la perdre. J'ai couché dans ce même lit la nuit de mon départ! Quelle nuit de douleur et d'espoir, de regret et d'attente! Comme elle pleurait, ma pauvre amie, ma douce Pauline, en m'embrassant sous cette cheminée où je sommeillais tout à l'heure sans savoir où j'étais! Comme je pleurais, moi aussi, en écrivant sur le mur son nom au-dessous du mien, avec la date de notre séparation! Pauvre Pauline! quelle existence a été la sienne depuis ce temps-là? l'existence d'une vieille fille de province! Cela doit être affreux! Elle si aimante, si supérieure à tout ce qui l'entourait! Et pourtant je voulais la fuir, je m'étais promis de ne la revoir jamais! — Je vais peut-être lui apporter un peu de consolation, mettre un jour de bonheur dans sa triste vie! — Si elle me repoussait pourtant! Si elle était tombée sous l'empire des préjugés!... Ah! cela est évident, ajouta tristement la voyageuse; comment puis-je en douter? N'a-t-elle pas cessé tout à coup de m'écrire en apprenant le parti que j'ai pris? Elle aura craint de se corrompre ou de se dégrader dans le contact d'une vie comme la mienne! Ah! Pauline! elle m'aimait tant, et elle aurait rougi de moi!... je ne sais plus que penser... A présent que je me sens si près d'elle, à présent que je suis sûre de la retrouver dans la situation où je l'ai connue, je ne peux plus résiter au désir de la voir. Oh! je la verrai, dût-elle me repousser! Si elle le fait, que la honte en retombe sur elle! j'aurai vaincu les justes défiances de mon orgueil, j'aurai été fidèle à la religion du passé; c'est elle qui se sera parjurée!

Au milieu de ces agitations, elle vit monter le matin froid derrière les toits inégaux des maisons déjetées qui s'accoudaient disgracieusement les unes aux autres. Elle reconnut le clocher qui sonnait jadis ses heures de repos ou de rêverie; elle vit s'éveiller les bourgeois en classiques bonnets de coton; et de vieilles figures dont elle avait un confus souvenir, apparurent toutes refrognées aux fenêtres de la rue. Elle entendit l'enclume du forgeron retentir sous les murs d'une maison décrépite; elle vit arriver au marché les fermiers en manteau bleu et en coiffe de toile cirée; tout reprenait sa place et conservait son allure comme aux jours du passé. Chacune de ces circonstances insignifiantes faisait battre le cœur de la voyageuse, quoique tout lui semblât horriblement laid et pauvre.

— Eh quoi! disait-elle, j'ai pu vivre ici quatre ans, quatre ans entiers sans mourir! j'ai respiré cet air, j'ai parlé à ces gens-là, j'ai dormi sous ces toits couverts de mousse, j'ai marché dans ces rues impraticables! et Pauline, ma pauvre Pauline vit encore au milieu de tout cela, elle qui était si belle, si aimable, si instruite, elle qui aurait régné et brillé comme moi sur un monde de luxe et d'éclat!

Aussitôt que l'horloge de la ville eut sonné sept heures, elle acheva sa toilette à la hâte; et, laissant ses domestiques maudire l'auberge et souffrir les incommodités du déplacement avec cette impatience et cette hauteur qui caractérisent les laquais de bonne maison, elle s'enfonça dans une des rues tortueuses qui s'ouvraient devant elle, marchant sur la pointe du pied avec l'adresse d'une Parisienne, et faisant ouvrir de gros yeux à tous les bourgeois de la ville, pour qui une figure nouvelle était un grave événement.

La maison de Pauline n'avait rien de pittoresque, quoiqu'elle fût fort ancienne. Elle n'avait conservé, de l'époque où elle fut bâtie, que le froid et l'incommodité de la distribution; du reste, pas une tradition romanesque, pas un ornement de sculpture élégante ou bizarre, pas le moindre aspect de féodalité romantique. Tout y avait l'air sombre et chagrin, depuis la figure de cuivre ciselée sur le marteau de la porte, jusqu'à celle de la vieille servante non moins laide et rechignée qui vint ouvrir, toisa l'étrangère avec dédain, et lui tourna le dos après lui avoir répondu sèchement: *Elle y est.*

La voyageuse éprouva une émotion à la fois douce et déchirante en montant l'escalier en vis auquel une corde luisante servait de rampe. Cette maison lui rappelait les plus fraîches années de sa vie, les plus pures scènes de sa jeunesse; mais, en comparant ces témoins de son passé au luxe de son existence présente, elle ne pouvait s'empêcher de plaindre Pauline, condamnée à végéter là comme la mousse verdâtre qui se traînait sur les murs humides.

Elle monta sans bruit et poussa la porte qui roula sur ses gonds en silence. Rien n'était changé dans la grande pièce, décorée par les hôtes du titre de salon. Le carreau de briques rougeâtres bien lavées, les boiseries brunes soigneusement dégagées de poussière, la glace dont le cadre avait été doré jadis, les meubles massifs brodés au petit point par quelque aïeule de la famille, et deux ou trois tableaux de dévotion légués par l'oncle, curé de la ville, tout était précisément resté à la même place et dans le même état de vétusté robuste depuis dix ans, dix ans pendant lesquels l'étrangère avait vécu des siècles! Aussi tout ce qu'elle voyait la frappait comme un rêve.

La salle, vaste et basse, offrait à l'œil une profondeur terne qui n'était pourtant pas sans charme. Il y avait, dans le vague de la perspective, de l'austérité et de la méditation, comme dans ces tableaux de Rembrandt où l'on ne distingue, sur le clair-obscur, qu'une vieille figure de philosophe ou d'alchimiste brune et terreuse comme les murs, terne et maladive comme le rayon habilement ménagé où elle nage. Une fenêtre à carreaux étroits et montés en plomb, ornée de pots de basilic et de géranium, éclairait seule cette vaste pièce; mais une suave figure se dessinait dans la lumière de l'embrasure, et semblait placée là, comme à dessein, pour ressortir seule et par sa propre beauté dans le tableau: c'était Pauline.

Elle était bien changée, et, comme la voyageuse ne pouvait voir son visage, elle douta longtemps que ce fût elle. Elle avait laissé Pauline plus petite de toute la tête, et maintenant Pauline était grande et d'une ténuité si excessive qu'on eût dit qu'elle allait se briser en changeant d'attitude; elle était vêtue de brun, avec une petite collerette d'un blanc scrupuleux et d'une égalité de plis vraiment monastique. Ses beaux cheveux châtains étaient lissés sur ses tempes avec un soin affecté; elle se livrait à un ouvrage classique, ennuyeux, odieux à toute organisation pensante: elle faisait de très-petits points réguliers avec une aiguille imperceptible sur un morceau de batiste dont elle comptait la trame fil par fil. La vie de la grande moitié des femmes se consume, en France, à cette solennelle occupation.

Quand la voyageuse eut fait quelques pas, elle distingua, dans la clarté de la fenêtre, les lignes brillantes du beau profil de Pauline: ses traits réguliers et calmes, ses grands yeux voilés et nonchalants, son front pur et uni, plutôt découvert qu'élevé, sa bouche délicate qui semblait incapable de sourire. Elle était toujours admirablement belle et jolie! mais elle était maigre et d'une pâleur uniforme, qu'on pouvait regarder comme passée à l'état chronique. Dans le premier instant, son ancienne amie fut tentée de la plaindre; mais, en admirant la sérénité profonde de ce front mélancolique doucement penché sur son ouvrage, elle se sentit pénétrée de respect bien plus que de pitié.

Elle resta donc immobile et muette à la regarder; mais, comme si sa présence se fût révélée à Pauline par un mouvement instinctif du cœur, celle-ci se tourna tout à coup vers elle et la regarda fixement sans dire un mot et sans changer de visage.

— Pauline! ne me reconnais-tu pas? s'écria l'étrangère; as-tu oublié la figure de Laurence?

Alors Pauline jeta un cri, se leva, et retomba sans force sur un siége. Laurence était déjà dans ses bras, et toutes deux pleuraient.

— Tu ne me reconnaissais pas? dit enfin Laurence.

— Oh! que dis-tu là! répondit Pauline. Je te reconnaissais bien, mais je n'étais pas étonnée. Tu ne sais pas une chose, Laurence? C'est que les personnes qui vivent dans la solitude ont parfois d'étranges idées. Comment te dirai-je? Ce sont des souvenirs, des images qui se logent dans leur esprit, et qui semblent passer devant leurs yeux. Ma mère appelle cela des visions. Moi, je sais bien que je ne suis pas folle; mais je pense que Dieu permet souvent, pour me consoler dans mon isolement, que les personnes que j'aime m'apparaissent tout à coup au milieu de mes rêveries. Va, bien souvent je t'ai vue là devant cette porte, debout comme tu étais tout à l'heure, et me regardant d'un air indécis. J'avais coutume de ne rien dire et de ne pas bouger, pour que l'apparition ne s'envolât pas. Je n'ai été surprise que quand je t'ai entendue parler. Oh! alors ta voix m'a réveillée! elle est venue me frapper jusqu'au cœur! Chère Laurence! c'est donc toi vraiment! dis-moi bien que c'est toi!

Quand Laurence eut timidement exprimé à son amie la crainte qui l'avait empêchée depuis plusieurs années de lui donner des marques de son souvenir, Pauline l'embrassa en pleurant.

— Oh mon Dieu! dit-elle, tu as cru que je te méprisais, que je rougissais de toi! moi qui t'ai conservé toujours une si haute estime, moi qui savais si bien que dans aucune situation de la vie il n'était possible à une âme comme la tienne de s'égarer!

Laurence rougit et pâlit en écoutant ces paroles; elle renferma un soupir, et baisa la main de Pauline avec un sentiment de vénération.

— Il est bien vrai, reprit Pauline, que ta condition présente révolte les opinions étroites et intolérantes de toutes les personnes que je vois. Une seule porte dans sa sévérité un reste d'affection et de regret : c'est ma mère. Elle te blâme, il faut bien t'attendre à cela; mais elle cherche à t'excuser, et l'on voit qu'elle lance sur toi l'anathème avec douleur. Son esprit n'est pas éclairé, tu le sais; mais son cœur est bon, pauvre femme!

— Comment ferais-je donc pour me faire accueillir? demanda Laurence.

— Hélas! répondit Pauline, il serait bien facile de la tromper; elle est aveugle.

— Aveugle! ah! mon Dieu!

Laurence resta accablée à cette nouvelle; et, songeant à l'affreuse existence de Pauline, elle la regardait fixement, avec l'expression d'une compassion profonde et pourtant comprimée par le respect. Pauline la comprit, et, lui pressant la main avec tendresse, elle lui dit avec une naïveté touchante :

— Il y a du bien dans tous les maux que Dieu nous envoie. J'ai failli me marier il y a cinq ans; un an après, ma mère a perdu la vue. Vois, comme il est heureux que je sois restée fille pour la soigner! si j'avais été mariée, qui sait si je l'aurais pu?

Laurence, pénétrée d'admiration, sentit ses yeux se remplir de larmes.

— Il est évident, dit-elle en souriant à son amie à travers ses pleurs, que tu aurais été distraite par mille autres soins également sacrés, et qu'elle eût été plus à plaindre qu'elle ne l'est.

— Je l'entends remuer, dit Pauline; et elle passa vivement, mais avec assez d'adresse pour ne pas faire le moindre bruit, dans la chambre voisine.

Laurence la suivit sur la pointe du pied, et vit la vieille femme aveugle étendue sur son lit en forme de corbillard. Elle était jaune et luisante. Ses yeux hagards et sans vie lui donnaient absolument l'aspect d'un cadavre. Laurence recula, saisie d'une terreur involontaire. Pauline s'approcha de sa mère, pencha doucement son visage vers ce visage affreux, et lui demanda bien bas si elle dormait. L'aveugle ne répondit rien, et se tourna vers la ruelle du lit. Pauline arrangea ses couvertures avec soin sur ses membres étiques, referma doucement le rideau, et reconduisit son amie dans le salon.

— Causons, lui dit-elle; ma mère se lève tard ordinairement. Nous avons quelques heures pour nous reconnaître; nous trouverons bien un moyen de réveiller son ancienne amitié pour toi. Peut-être suffira-t-il de lui dire que tu es là! Mais, dis-moi, Laurence, tu as pu croire que je te... Oh! je ne dirai pas ce mot! Te mépriser! Quelle insulte tu m'as faite là! Mais c'est ma faute après tout. J'aurais dû prévoir que tu concevrais des doutes sur mon affection, j'aurais dû t'expliquer mes motifs... Hélas! c'était bien difficile à te faire comprendre! Tu m'aurais accusée de faiblesse, quand, au contraire, il me fallait tant de force pour renoncer à t'écrire, à te suivre dans ce monde inconnu où, malgré moi, mon cœur a été si souvent te chercher! Et puis, je n'osais pas accuser ma mère; je ne pouvais pas me décider à t'avouer les petitesses de son caractère et les préjugés de son esprit. J'en étais victime; mais je rougissais de les raconter. Quand on est si loin de toute amitié, si seule, si triste, toute démarche difficile devient impossible. On s'observe, on se craint soi-même, et l'on se suicide dans la peur de se laisser mourir. A présent que te voilà près de moi, je retrouve toute ma confiance, tout mon abandon. Je te dirai tout. Mais d'abord parlons de toi, car mon existence est si monotone, si nulle, si pâle à côté de la tienne! Que de choses tu dois avoir à me raconter!

Le lecteur doit présumer que Laurence ne raconta pas tout. Son récit fut même beaucoup moins long que Pauline ne s'y attendait. Nous le transcrirons en trois lignes, qui suffiront à l'intelligence de la situation.

Et d'abord, il faut dire que Laurence était née à Paris dans une position médiocre. Elle avait reçu une éducation simple, mais solide. Elle avait quinze ans lorsque, sa famille étant tombée dans la misère, il lui fallut quitter Paris et se retirer en province avec sa mère. Elle vint habiter Saint-Front, où elle réussit à vivre quatre ans en qualité de sous-maîtresse dans un pensionnat de jeunes filles, et où elle contracta une étroite amitié avec l'aînée de ses élèves, Pauline, âgée de quinze ans comme elle.

Et puis il arriva que Laurence dut à la protection de je ne sais quelle douairière d'être rappelée à Paris, pour y faire l'éducation des filles d'un banquier.

Si vous voulez savoir comment une jeune fille pressent et découvre sa vocation, comment elle l'accomplit en dépit de toutes les remontrances et de tous les obstacles, relisez les charmants Mémoires de mademoiselle Hippolyte Clairon, célèbre comédienne du siècle dernier.

Laurence fit comme tous ces artistes prédestinés : elle passa par toutes les misères, par toutes les souffrances du talent ignoré ou méconnu; enfin, après avoir traversé les vicissitudes de la vie pénible que l'artiste est forcé de créer lui-même, elle devint une belle et intelligente actrice. Succès, richesse, hommages, renommée, tout lui vint ensemble et tout à coup. Désormais elle jouissait d'une position brillante et d'une considération justifiée aux yeux des gens d'esprit par un noble talent et un caractère élevé. Ses erreurs, ses passions, ses douleurs de femme, ses déceptions et ses repentirs, elle ne les raconta point à Pauline. Il était encore trop tôt : Pauline n'eût pas compris.

II.

Cependant, lorsqu'au coup de midi l'aveugle s'éveilla, Pauline savait toute la vie de Laurence, même ce qui ne lui avait pas été raconté, et cela plus que tout le reste peut-être ; car les personnes qui ont vécu dans le calme et la retraite ont un merveilleux instinct pour se représenter la vie d'autrui pleine d'orages et de désastres qu'elles s'applaudissent en secret d'avoir évités. C'est une consolation intérieure qu'il leur faut laisser, car l'amour-propre y trouve bien un peu son compte, et la vertu seule ne suffit pas toujours à dédommager des longs ennuis de la solitude.

— Eh bien ! dit la mère aveugle en s'asseyant sur le bord de son lit, appuyée sur sa fille, qui est donc là près de nous? Je sens le parfum d'une belle dame. Je parie que c'est madame Ducornay, qui est revenue de Paris avec toutes sortes de belles toilettes que je ne pourrai pas voir, et de bonnes senteurs qui nous donnent la migraine.

— Non, maman, répondit Pauline, ce n'est pas madame Ducornay.

— Qui donc? reprit l'aveugle en étendant le bras. — Devinez, dit Pauline en faisant signe à Laurence de toucher la main de sa mère. — Que cette main est douce et petite ! s'écria l'aveugle en passant ses doigts noueux sur ceux de l'actrice. Oh ! ce n'est pas madame Ducornay, certainement. Ce n'est aucune de *nos dames*, car, quoi qu'elles fassent, à la patte on reconnait toujours le lièvre. Pourtant je connais cette main-là. Mais c'est quelqu'un que je n'ai pas vu depuis longtemps. Ne saurait-elle parler? — Ma voix a changé comme ma main, répondit Laurence, dont l'organe clair et frais avait pris, dans les études théâtrales, un timbre plus grave et plus sonore. — Je connais aussi cette voix, dit l'aveugle, et pourtant je ne la reconnais pas. Elle garda quelques instants le silence sans quitter la main de Laurence, en levant sur elle ses yeux ternes et vitreux, dont la fixité était effrayante. — Me voit-elle? demanda Laurence bas à Pauline. — Nullement, répondit celle-ci, mais elle a toute sa mémoire ; et d'ailleurs, notre vie compte si peu d'événements, qu'il est impossible qu'elle ne te reconnaisse pas tout à l'heure. A peine Pauline eut-elle prononcé ces mots, que l'aveugle, repoussant la main de Laurence avec un sentiment de dégoût qui allait jusqu'à l'horreur, dit de sa voix sèche et cassée : — Ah ! c'est cette malheureuse *qui joue la comédie !* Que vient-elle chercher ici? Vous ne deviez pas la recevoir, Pauline !

— O ma mère ! s'écria Pauline en rougissant de honte et de chagrin, et en pressant sa mère dans ses bras, pour lui faire comprendre ce qu'elle éprouvait. Laurence pâlit, puis se remettant aussitôt : — Je m'attendais à cela, dit-elle à Pauline avec un sourire dont la douceur et la dignité l'étonnèrent et la troublèrent un peu.

— Allons, reprit l'aveugle, qui craignait instinctivement de déplaire à sa fille, en raison du besoin qu'elle avait de son dévouement, laissez-moi le temps de me remettre un peu ; je suis si surprise ! et comme cela, au réveil, on ne sait trop ce qu'on dit... Je ne voudrais pas vous faire de chagrin, Mademoiselle.... ou Madame..... Comment vous appelle-t-on maintenant? — Toujours Laurence, répondit l'actrice avec calme. — Et elle est toujours Laurence, dit avec chaleur la bonne Pauline en l'embrassant, toujours la même âme généreuse, le même noble cœur... — Allons, arrange-moi, ma fille, dit l'aveugle, qui voulait changer de propos, ne pouvant se résoudre ni à contredire sa fille ni à réparer sa dureté envers Laurence ; coiffe-moi donc, Pauline ; j'oublie, moi, que les autres ne sont point aveugles, et qu'ils voient en moi quelque chose d'affreux. Donne-moi mon voile, mon mantelet... C'est bien, et maintenant apporte-moi mon chocolat de santé, et offres-en aussi à... cette dame.

Pauline jeta à son amie un regard suppliant auquel celle-ci répondit par un baiser. Quand la vieille dame, enveloppée dans sa mante d'indienne brune à grandes fleurs rouges, et coiffée de son bonnet blanc surmonté d'un voile de crêpe noir qui lui cachait la moitié du visage, se fut assise vis-à-vis de son frugal déjeuner, elle s'adoucit peu à peu. L'âge, l'ennui et les infirmités l'avaient amenée à ce degré d'égoïsme qui fait tout sacrifier, même les préjugés les plus enracinés, aux besoins du bien-être. L'aveugle vivait dans une telle dépendance de sa fille, qu'une contrariété, une distraction de celle-ci pouvait apporter le trouble dans cette suite d'innombrables petites attentions dont la moindre était nécessaire pour lui rendre la vie tolérable. Quand l'aveugle était commodément couchée, et qu'elle ne craignait plus aucun danger, aucune privation pour quelques heures, elle se donnait le cruel soulagement de blesser par des paroles aigres et des murmures injustes les gens dont elle n'avait plus besoin ; mais, aux heures de sa dépendance, elle savait fort bien se contenir, et enchaîner leur zèle par des manières plus affables. Laurence eut le loisir de faire cette remarque dans le courant de la journée. Elle en fit encore une autre qui l'attrista davantage : c'est que la mère avait une peur réelle de sa fille. On eût dit qu'à travers cet admirable sacrifice de tous les instants, Pauline laissait percer malgré elle un muet mais éternel reproche, que sa mère comprenait fort bien et redoutait affreusement. Il semblait que ces deux femmes craignissent de s'éclairer mutuellement sur la lassitude qu'elles éprouvaient d'être ainsi attachées l'une à l'autre, un être moribond et un être vivant : l'un effrayé des mouvements de celui qui pouvait à chaque instant lui enlever son dernier souffle, et l'autre épouvanté de cette tombe où il craignait d'être entraîné à la suite d'un cadavre.

Laurence, qui était douée d'un esprit judicieux et d'un cœur noble, se dit qu'il n'en pouvait pas être autrement ; que d'ailleurs cette souffrance invincible chez Pauline n'ôtait rien à sa patience et ne faisait qu'ajouter à ses mérites. Mais, malgré cela, Laurence sentit que l'effroi et l'ennui la gagnaient entre ces deux victimes. Un nuage passa sur ses yeux et un frisson dans ses veines. Vers le soir, elle était accablée de fatigue, quoiqu'elle n'eût pas fait un pas de la journée. Déjà l'horreur de la vie réelle se montrait derrière cette poésie, dont au premier moment elle avait, de ses yeux d'artiste, enveloppé la sainte existence de Pauline. Elle eût voulu pouvoir persister dans son illusion, la croire heureuse et rayonnante dans son martyre comme une vierge catholique des anciens jours, voir la mère heureuse aussi, oubliant sa misère pour ne songer qu'à la joie d'être aimée et assistée ainsi ; enfin elle eût voulu, puisque ce sombre tableau d'intérieur était sous ses yeux, y contempler des anges de lumière, et non de tristes figures chagrines et froides comme la réalité. Le plus léger pli sur le front angélique de Pauline faisait ombre à ce tableau ; un mot prononcé sèchement par cette bouche si pure détruisait la mansuétude mystérieuse que Laurence, au premier abord, y avait vue régner. Et pourtant ce pli au front était une prière ; ce mot errant sur les lèvres, une parole de sollicitude ou de consolation ; mais tout cela était glacé comme l'égoïsme chrétien, qui nous fait tout supporter en vue de la récompense, et désolé comme le renoncement monastique, qui nous défend de trop adoucir la vie humaine à autrui aussi bien qu'à nous-mêmes.

Tandis que le premier enthousiasme de l'admiration naïve s'affaiblissait chez l'actrice, tout aussi naïvement et en dépit d'elles-mêmes, une modification d'idées s'opérait en sens inverse chez les deux bourgeoises. La fille, tout en frémissant à l'idée des pompes mondaines où son amie s'était jetée, avait souvent ressenti, peut-être à son insu, des élans de curiosité pour ce monde inconnu, plein de terreurs et de prestiges, où ses principes lui défendaient de porter un seul regard. En voyant Laurence, en admirant sa beauté, sa grâce, ses manières tantôt nobles comme celles d'une reine de théâtre, tantôt libres et enjouées comme celles d'un enfant (car l'artiste aimée du public est comme un enfant à qui l'univers sert de famille), elle sentait éclore en elle un sentiment à la fois enivrant et douloureux, quelque chose qui tenait le milieu entre l'admiration et la crainte, entre la tendresse et l'envie. Quant à l'aveugle, elle était instinctivement captivée et comme vivifiée par le beau son de cette voix, par la pureté de ce langage, par l'animation de cette causerie intelligente, colorée et profondément naturelle, qui caractérise les vrais artistes, et ceux du théâtre particulièrement. La mère de Pauline, quoique remplie d'entêtement dévot et de morgue provinciale, était une femme assez distinguée et assez instruite pour le monde où elle avait vécu. Elle l'était du moins assez pour se sentir frappée et charmée, malgré elle, d'entendre quelque chose de si différent de son entourage habituel, et de si supérieur à tout ce qu'elle avait jamais rencontré. Peut-être ne s'en rendait-elle pas bien compte à elle-même; mais il est certain que les efforts de Laurence pour la faire revenir de ses préventions réussissaient au delà de ses espérances. La vieille femme commençait à s'amuser si réellement de la causerie de l'actrice, qu'elle l'entendit avec regret, presque avec effroi, demander des chevaux de poste. Elle fit alors un grand effort sur elle-même, et la pria de rester jusqu'au lendemain. Laurence se fit un peu prier. Sa mère, retenue à Paris par une indisposition de sa seconde fille, n'avait pu partir avec elle. Les engagements de Laurence avec le théâtre d'Orléans l'avaient forcée de les y devancer; mais elle leur avait donné rendez-vous à Lyon, et Laurence voulait y arriver en même temps qu'elles, sachant bien que sa mère et sa sœur, après quinze jours de séparation (la première de leur vie), l'attendraient impatiemment. Cependant l'aveugle insista tellement, et Pauline, à l'idée de se séparer de nouveau, et pour jamais sans doute, de son amie, versa des larmes si sincères, que Laurence céda, écrivit à sa mère de ne pas être inquiète si elle retardait d'un jour son arrivée à Lyon, et ne commanda ses chevaux que pour le lendemain soir. L'aveugle, entraînée de plus en plus, poussa la gracieuseté jusqu'à vouloir dicter une phrase amicale pour son ancienne connaissance, la mère de Laurence.

— Cette pauvre madame S..., ajouta-t-elle lorsqu'elle eut entendu plier la lettre et pétiller la cire à cacheter, c'était une bien excellente personne, spirituelle, gaie, confiante... et bien étourdie! car enfin, ma pauvre enfant, c'est elle qui répondra devant Dieu du malheur que tu as eu de monter sur les planches. Elle pouvait s'y opposer, et elle ne l'a pas fait! Je lui ai écrit trois lettres à cette occasion, et Dieu sait si elle les a lues! Ah! si elle m'eût écoutée, tu n'en serais pas là!...

— Nous serions dans la plus profonde misère, répondit Laurence avec une douce vivacité, et nous souffririons de ne pouvoir rien faire l'une pour l'autre, tandis qu'aujourd'hui j'ai la joie de voir ma bonne mère rajeunir au sein d'une honnête aisance; et elle est plus heureuse que moi, s'il est possible, de devoir son bien-être à mon travail et à ma persévérance. Oh! c'est une excellente mère, ma bonne madame D..., et, quoique je sois actrice, je vous assure que je l'aime autant que Pauline vous aime.

— Tu as toujours été une bonne fille, je le sais, dit l'aveugle. Mais enfin comment cela finira-t-il? Vous voilà riches, et je comprends que ta mère s'en trouve fort bien, car c'est une femme qui a toujours aimé ses aises et ses plaisirs; mais l'autre vie, mon enfant, vous n'y songez ni l'une ni l'autre!... Enfin, je me réfugie dans la pensée que tu ne seras pas toujours au théâtre, et qu'un jour viendra où tu feras pénitence.

Cependant le bruit de l'aventure qui avait amené à Saint-Front, route de Paris, une dame en chaise de poste qui croyait aller à Villiers, route de Lyon, s'était répandue dans la petite ville, et y donnait lieu, depuis quelques heures, à d'étranges commentaires. Par quel hasard, par quel prodige, cette dame de la chaise de poste, après être arrivée là sans le vouloir, se décidait-elle à y rester toute la journée? Et que faisait-elle, bon Dieu! chez les dames D...? Comment pouvait-elle les connaître? Et que pouvaient-elles avoir à se dire depuis si longtemps qu'elles étaient enfermées ensemble? Le secrétaire de la mairie, qui faisait sa partie de billard au café situé justement en face de la maison des dames D..., vit ou crut voir passer et repasser derrière les vitres de cette maison la dame étrangère, vêtue singulièrement, disait-il, et même magnifiquement. La toilette de voyage de Laurence était pourtant d'une simplicité de bon goût; mais la femme de Paris, et la femme artiste surtout, donne aux moindres atours un prestige éblouissant pour la province. Toutes les dames des maisons voisines se collèrent à leurs croisées, les entr'ouvrirent même, et s'enrhumèrent toutes plus ou moins, dans l'espérance de découvrir ce qui se passait chez la voisine. On appela la servante comme elle allait au marché, on l'interrogea. Elle ne savait rien, elle n'avait rien entendu, rien compris; mais la personne en question était fort étrange, selon elle. Elle faisait de grands pas, parlait avec une grosse voix, et portait une pelisse fourrée qui la faisait ressembler aux animaux des ménageries ambulantes, soit à une lionne, soit à une tigresse; la servante ne savait pas bien à laquelle des deux. Le secrétaire de la mairie décida qu'elle était vêtue d'une peau de panthère, et l'adjoint du maire trouva fort probable que ce fût la duchesse de Berry. Il avait toujours soupçonné la vieille D... d'être légitimiste au fond du cœur, car elle était dévote. Le maire, assassiné de questions par les dames de sa famille, trouva un expédient merveilleux pour satisfaire leur curiosité et la sienne propre. Il ordonna au maître de poste de ne délivrer de chevaux à l'étrangère que sur le *vu* de son passe-port. L'étrangère, se ravisant et remettant son départ au lendemain, fit répondre par son domestique qu'elle montrerait son passe-port au moment où elle redemanderait des chevaux. Le domestique, fin matois, véritable Frontin de comédie, s'amusa de la curiosité des citadins de Saint-Front, et leur fit à chacun un conte différent. Mille versions circulèrent et se croisèrent dans la ville. Les esprits furent très-agités, le maire craignit une émeute; le procureur du roi intima à la gendarmerie l'ordre de se tenir sur pied, et les chevaux de l'ordre public eurent la selle sur le dos tout le jour.

— Que faire? disait le maire qui était un homme de mœurs douces et un cœur sensible envers le beau sexe. Je ne puis envoyer un gendarme pour examiner brutalement les papiers d'une dame! — A votre place, je ne m'en générais pas! disait le substitut, jeune magistrat farouche qui aspirait à être procureur du roi, et qui travaillait à diminuer son embonpoint pour ressembler tout à fait à Junius Brutus. — Vous voulez que je fasse de l'arbitraire! reprenait le magistrat pacifique. La mairesse tint conseil avec les femmes des autres autorités, et il fut décidé que M. le maire irait en personne, avec toute la politesse possible, et s'excusant sur la nécessité d'obéir à des ordres supérieurs, demander à l'inconnue son passeport.

Le maire obéit, et se garda bien de dire que ces ordres supérieurs étaient ceux de sa femme. La mère D... fut un peu effrayée de cette démarche; Pauline, qui la comprit fort bien, en fut inquiète et blessée; Laurence ne fit qu'en rire, et, s'adressant au maire, elle l'appela par son nom, lui demanda des nouvelles de toutes les personnes de sa famille et de son intimité, lui nommant avec une merveilleuse mémoire jusqu'au plus petit de ses enfants, l'intrigua pendant un quart d'heure, et finit par s'en faire reconnaître. Elle fut si aimable et si jolie dans ce badinage, que le bon maire en tomba amoureux comme un fou, voulut lui baiser la main, et ne se retira que lorsque madame D... et Pauline lui eurent promis de le faire dîner chez elles ce même jour avec la belle actrice de *la capitale*. Le dîner fut fort gai. Laurence essaya de se débarrasser des impressions tristes qu'elle avait reçues, et voulut récompenser l'aveugle du sacrifice qu'elle lui faisait de ses préjugés en lui donnant quelques heures d'enjouement. Elle raconta mille historiettes plaisantes sur ses voyages en province, et même, au dessert, elle consentit à réciter à M. le maire des tirades de vers classiques qui le jetèrent dans un délire d'enthousiasme dont madame la mairesse eût été sans doute fort effrayée. Jamais l'aveugle ne s'était autant amusée; Pauline était singulièrement agitée; elle s'étonnait de se sentir triste au milieu de sa joie. Laurence, tout en voulant divertir les autres, avait fini par se divertir elle-même. Elle se croyait rajeunie de dix ans en se retrouvant dans ce monde de ses souvenirs, où elle croyait parfois être encore en rêve.

On était passé de la salle à manger au salon, et on

achevait de prendre le café, lorsqu'un bruit de socques dans l'escalier annonça l'approche d'une visite. C'était la femme du maire, qui, ne pouvant résister plus longtemps à sa curiosité, venait *adroitement* et comme par hasard voir madame D... Elle se fût bien gardée d'amener ses filles, elle eût craint de faire tort à leur mariage si elle leur eût laissé entrevoir la comédienne. Ces demoiselles n'en dormirent pas de la nuit, et jamais l'autorité maternelle ne leur sembla plus inique. La plus jeune en pleura de dépit.

Madame la mairesse, quoique assez embarrassée de l'accueil qu'elle ferait à Laurence (celle-ci avait autrefois donné des leçons à ses filles), se garda bien d'être impolie. Elle fut même gracieuse en voyant la dignité calme qui régnait dans ses manières. Mais quelques minutes après, une seconde visite étant arrivée, *par hasard* aussi, la mairesse recula sa chaise et parla un peu moins à l'actrice. Elle était observée par une de ses amies intimes, qui n'eût pas manqué de critiquer beaucoup son *intimité* avec une comédienne. Cette seconde visiteuse s'était promis de satisfaire aussi sa curiosité en faisant causer Laurence. Mais, outre que Laurence devint de plus en plus grave et réservée, la présence de la mairesse contraignit et gêna les curiosités subséquentes. La troisième visite gêna beaucoup les deux premières, et fut à son tour encore plus gênée par l'arrivée de la quatrième. Enfin, en moins d'une heure, le vieux salon de Pauline fut rempli comme si elle eût invité toute la ville à une grande soirée. Personne n'y pouvait résister ; on voulait, au risque de faire une chose étrange, impolie même, voir cette petite sous-maîtresse dont personne n'avait soupçonné l'intelligence, et qui maintenant était connue et applaudie dans toute la France. Pour légitimer la curiosité présente, et pour excuser le peu de discernement qu'on avait eu dans le passé, on affectait de douter encore du talent de Laurence, et on se disait à l'oreille : — Est-il bien vrai qu'elle soit l'amie et la protégée de mademoiselle Mars? — On dit qu'elle a un si grand succès à Paris — Croyez-vous bien que ce soit possible? — Il paraît que les plus célèbres auteurs font des pièces pour elle. — Peut-être exagère-t-on beaucoup tout cela ! — Lui avez-vous parlé? — Lui parlez-vous? etc.

Personne néanmoins ne pouvait diminuer par ses doutes la grâce et la beauté de Laurence. Un instant avant le dîner, elle avait fait venir sa femme de chambre, et, d'un tout petit carton qui ressemblait à ces noix enchantées où les fées font tenir d'un coup de baguette tout le trousseau d'une princesse, était sortie une parure très-simple, mais d'un goût exquis et d'une fraîcheur merveilleuse. Pauline ne pouvait comprendre qu'on pût avec si peu de temps et de soin se métamorphoser ainsi en voyage, et l'élégance de son amie la frappait d'une sorte de vertige. Les dames de la ville s'étaient flattées d'avoir à critiquer cette toilette et cette tournure qu'on avait annoncées si étranges ; elles étaient forcées d'admirer et de dévorer du regard ces étoffes moelleuses négligées dans leur richesse, ces coupes élégantes d'ajustements sans roideur et sans étalage, nuance à laquelle n'arrivera jamais l'élégante de petite ville, même lorsqu'elle copie exactement l'élégante des grandes villes ; enfin toutes ces recherches de la chaussure, de la manchette et de la coiffure, que les femmes sans goût exagèrent jusqu'à l'absurde, ou suppriment jusqu'à la malpropreté. Ce qui frappait et intimidait plus que tout le reste, c'était l'aisance parfaite de Laurence, ce ton de la meilleure compagnie qu'on ne s'attend guère, en province, à trouver chez une comédienne, et que, certes, on ne trouvait chez aucune femme à Saint-Front. Laurence était imposante et prévenante à son gré. Elle souriait en elle-même du trouble où elle jetait tous ces petits esprits qui étaient venus à l'insu les uns des autres, chacun croyant être le seul assez hardi pour s'amuser des inconvenances d'une bohémienne, et qui se trouvaient là honteux et embarrassés chacun de la présence des autres, et plus encore du désappointement d'avoir à envier ce qu'il était venu persifler, humilier peut-être ! Toutes ces femmes se tenaient d'un côté du salon comme un régiment en déroute, et de l'autre côté, entourée de Pauline, de sa mère et de quelques hommes de bon sens qui ne craignaient pas de causer respectueusement avec elle, Laurence siégeait comme une reine affable qui sourit à son peuple et le tient à distance. Les rôles étaient bien changés, et le malaise croissait d'un côté, tandis que la véritable dignité triomphait de l'autre. On n'osait plus chuchoter, on n'osait même plus regarder, si ce n'est à la dérobée. Enfin, quand le départ des plus désappointées eut éclairci les rangs, on osa s'approcher, mendier une parole, un regard, toucher la robe, demander l'adresse de la lingère, le prix des bijoux, le nom des pièces de théâtre les plus à la mode à Paris, et des billets de spectacle pour le premier voyage qu'on ferait à la capitale.

A l'arrivée des premières visites, l'aveugle avait été confuse, puis contrariée, puis blessée. Quand elle entendit tout ce monde remplir son salon froid et abandonné depuis si longtemps, elle prit son parti, et, cessant de rougir de l'amitié qu'elle avait témoignée à Laurence, elle en affecta plus encore, et accueillit par des paroles aigres et moqueuses tous ceux qui vinrent la saluer. — Oui-da, Mesdames, répondait-elle, je me porte mieux que je ne pensais, puisque mes infirmités ne font plus peur à personne. Il y a deux ans que l'on n'est venu me tenir compagnie le soir, et c'est un merveilleux hasard qui m'amène toute la ville à la fois. Est-ce qu'on aurait dérangé le calendrier, et ma fête, que je croyais passée il y a six mois, tomberait-elle aujourd'hui? Puis, s'adressant à d'autres qui n'étaient presque jamais venues chez elle, elle poussait la malice jusqu'à leur dire en face et tout haut : — Ah ! vous faites comme moi, vous faites taire vos scrupules de conscience, et vous venez, malgré vous, rendre hommage au talent? C'est toujours ainsi, voyez-vous ; l'esprit triomphe toujours, et de tout. Vous avez bien blâmé mademoiselle S... de s'être mise au théâtre; vous avez fait comme moi, vous dis-je, vous avez trouvé cela révoltant, affreux ! Eh bien, vous voilà toutes à ses pieds! Vous ne direz pas le contraire, car enfin je ne crois pas être devenue tout à coup assez aimable et assez jolie pour que l'on vienne en foule jouir de ma société.

Quant à Pauline, elle fut du commencement à la fin admirable pour son amie. Elle ne rougit point d'elle un seul instant, et bravant, avec un courage héroïque en province, le blâme qu'on s'apprêtait à déverser sur elle, elle prit franchement le parti d'être en public à l'égard de Laurence ce qu'elle était en particulier. Elle l'accabla de soins, de prévenances, de respects même ; elle plaça elle-même un tabouret sous ses pieds, elle lui présenta elle-même le plateau de rafraîchissements; puis elle répondit par un baiser plein d'effusion à son baiser de remerciement ; et quand elle se rassit auprès d'elle, elle tint sa main enlacée à la sienne toute la soirée sur le bras du fauteuil.

Ce rôle était beau sans doute, et la présence de Laurence opérait des miracles, car un tel courage eût épouvanté Pauline si on lui en eût annoncé la nécessité la veille ; et maintenant il lui coûtait si peu qu'elle s'en étonnait elle-même. Si elle eût pu descendre au fond de sa conscience, peut-être eût-elle découvert que ce rôle généreux était le seul qui l'élevât au niveau de Laurence à ses propres yeux. Il est certain que jusque-là la grâce, la noblesse et l'intelligence de l'actrice l'avaient déconcertée un peu ; mais, depuis qu'elle l'avait posée auprès d'elle en protégée, Pauline ne s'apercevait plus de cette supériorité, difficile à accepter de femme à femme aussi bien que d'homme à homme.

Il est certain que, lorsque les deux amies et la mère aveugle se retrouvèrent seules ensemble au coin du feu, Pauline fut surprise et même un peu blessée de voir que Laurence reportait toute sa reconnaissance sur la vieille femme. Ce fut avec une noble franchise que l'actrice, baisant la main de madame D... et l'aidant à reprendre le chemin de sa chambre, lui dit qu'elle sentait tout le prix de ce qu'elle avait fait et de ce qu'elle avait été pour elle durant cette petite épreuve. — Quant à toi, ma Pauline, dit-elle à son amie lorsqu'elles furent tête à tête, je te fâcherais, si je te faisais le même remerciement. Tu

Elle était toujours admirablement belle. (Page 3.)

n'as point de préjugés assez obstinés pour que ton mépris de la sottise provinciale me semble un grand effort. Je te connais, tu ne serais plus toi-même si tu n'avais pas trouvé un vrai plaisir à t'élever de toute ta hauteur audessus de ces bégueules.

— C'est à cause de toi que cela m'est devenu un plaisir, répondit Pauline un peu déconcertée.

— Allons donc, rusée! reprit Laurence en l'embrassant, c'est à cause de vous-même!

Était-ce un instinct d'ingratitude qui faisait parler ainsi l'amie de Pauline? Non. Laurence était la femme la plus droite avec les autres et la plus sincère vis-à-vis d'elle-même. Si l'effort de son amie lui eût paru sublime, elle ne se serait pas crue humiliée de lui montrer de la reconnaissance; mais elle avait un sentiment si ferme et si légitime de sa propre dignité, qu'elle croyait le courage de Pauline aussi naturel, aussi facile que le sien. Elle ne se doutait nullement de l'angoisse secrète qu'elle excitait dans cette âme troublée. Elle ne pouvait la deviner; elle ne l'eût pas comprise.

Pauline, ne voulant pas la quitter d'un instant, exigea qu'elle dormît dans son propre lit. Elle s'était fait arranger un grand canapé où elle se coucha non loin d'elle, afin de pouvoir causer le plus longtemps possible. Chaque moment augmentait l'inquiétude la jeune recluse, et son désir de comprendre la vie, les jouissances de l'art et celles de la gloire, celles de l'activité et celles de l'indépendance. Laurence éludait ses questions. Il lui semblait imprudent de la part de Pauline de vouloir connaître les avantages d'une position si différente de la sienne; il lui eût semblé peu délicat à elle-même de lui en faire un tableau séduisant. Elle s'efforça de répondre à ses questions par d'autres questions; elle voulut lui faire dire les joies intimes de sa vie évangélique, et tourner toute l'exaltation de leur entretien vers cette poésie du devoir qui lui semblait devoir être le partage d'une âme pieuse et résignée. Mais Pauline ne répondit que par des réticences. Dans leur premier entretien de la matinée, elle avait épuisé tout ce que sa vertu avait d'orgueil et de finesse pour dissimuler sa souffrance. Le soir, elle ne songeait déjà plus à son rôle. La soif qu'elle éprouvait de vivre et de s'épanouir, comme une fleur longtemps privée d'air et de soleil, devenait de plus en plus ardente. Elle l'emporta, et força Laurence à s'abandonner au plaisir le plus

Ah! c'est cette malheureuse qui joue la comédie! (Page 5.)

grand qu'elle connût, celui d'épancher son âme avec confiance et naïveté. Laurence aimait son art, non-seulement pour lui-même, mais aussi en raison de la liberté et de l'élévation d'esprit et d'habitudes qu'il lui avait procurées. Elle s'honorait de nobles amitiés; elle avait connu aussi des affections passionnées, et, quoiqu'elle eût la délicatesse de n'en point parler à Pauline, la présence de ces souvenirs encore palpitants donnait à son éloquence naturelle une énergie pleine de charme et d'entraînement

Pauline dévorait ses paroles. Elles tombaient dans son cœur et dans son cerveau comme une pluie de feu; pâle, les cheveux épars, l'œil embrasé, le coude appuyé sur son chevet virginal, elle était belle comme une nymphe antique à la lueur pâle de la lampe qui brûlait entre les deux lits. Laurence la vit et fut frappée de l'expression de ses traits. Elle craignit d'en avoir trop dit, et se le reprocha, quoique pourtant toutes ses paroles eussent été pures comme celles d'une mère à sa fille. Puis, involontairement, revenant à ses idées théâtrales, et oubliant tout ce qu'elles venaient de se dire, elle s'écria, frappée de plus en plus : — Mon Dieu, que tu es belle, ma chère enfant! Les classiques qui m'ont voulu enseigner le rôle de Phèdre ne t'avaient pas vue ainsi. Voici une pose qui est toute l'école moderne; mais c'est Phèdre tout entière... non pas la Phèdre de Racine peut-être, mais celle d'Euripide, disant :

Dieux! que ne suis-je assise à l'ombre des forêts!...

Si je ne te dis pas cela en grec, ajouta Laurence en étouffant un léger bâillement, c'est que je ne sais pas le grec... Je parie que tu le sais, toi...

— Le grec! quelle folie! répondit Pauline en s'efforçant de sourire. Que ferais-je de cela?

— Oh! moi, si j'avais, comme toi, le temps d'étudier tout, s'écria Laurence, je voudrais tout savoir!

Il se fit quelques instants de silence. Pauline fit un douloureux retour sur elle-même; elle se demanda à quoi, en effet, servaient tous ces merveilleux ouvrages de broderie qui remplissaient ses longues heures de silence et de solitude, et qui n'occupaient ni sa pensée ni son cœur. Elle fut effrayée de tant de belles années perdues, et il lui sembla qu'elle avait fait de ses plus nobles facultés, comme de son temps le plus précieux, un usage stupide, presque impie. Elle se releva encore sur son coude, et dit à Laurence : — Pourquoi donc me comparais-tu à Phèdre? Sais-tu que c'est là un type affreux? Peux-tu poétiser le vice et le crime?..... — Laurence ne répondit pas. Fatiguée de l'insomnie de la nuit précédente, calme d'ailleurs au fond de l'âme, comme on l'est, malgré tous les orages passagers, lorsqu'on a trouvé au fond de soi le vrai but et le vrai moyen de son existence, elle s'était endormie presque en parlant. Ce prompt et paisible sommeil augmenta l'angoisse et l'amertume de Pauline. Elle est heureuse, pensa-t-elle... heureuse et contente d'elle-même, sans effort, sans combats, sans incertitude... Et moi!... O mon Dieu! cela est injuste!

Pauline ne dormit pas de toute la nuit. Le lendemain, Laurence s'éveilla aussi paisiblement qu'elle s'était endormie, et se montra au jour fraîche et reposée. Sa femme de chambre arriva avec une jolie robe blanche qui lui servait de peignoir pendant sa toilette. Tandis que la soubrette lissait et tressait les magnifiques cheveux noirs de Laurence, celle-ci repassait le rôle qu'elle devait jouer à Lyon, à trois jours de là. C'était à son tour d'être belle avec ses cheveux épars et l'expression tragique. De temps en temps, elle échappait brusquement aux mains de la femme de chambre, et marchait dans l'appartement en s'écriant : « Ce n'est pas cela!... je veux le dire comme je le sens! » Et elle laissait échapper des exclamations, des phrases de drame; elle cherchait des poses devant le vieux miroir de Pauline. Le sang-froid de la femme de chambre, habituée à toutes ces choses, et l'oubli complet où Laurence semblait être de tous les objets extérieurs, étonnaient au dernier point la jeune provinciale. Elle ne savait pas si elle devait rire ou s'effrayer de ces airs de pythonisse; puis elle était frappée de la beauté tragique de Laurence, comme Laurence l'avait été de la sienne quelques heures auparavant. Mais elle se disait : Elle fait toutes ces choses de sang-froid, avec une impétuosité préparée, avec une douleur étudiée. Au fond, elle est fort tranquille, fort heureuse; et moi, qui devrais avoir le calme de Dieu sur le front, il se trouve que je ressemble à Phèdre!

Comme ellle pensait cela, Laurence lui dit brusquement : — Je fais tout ce que je peux pour trouver ta pose d'hier soir quand tu étais là sur ton coude... je ne peux pas en venir à bout! C'était magnifique. Allons! c'est trop récent. Je trouverai cela plus tard, par inspiration! Toute inspiration est une réminiscence, n'est-ce pas, Pauline? Tu ne te coiffes pas bien, mon enfant; tresse donc tes cheveux au lieu de les lisser ainsi en bandeau. Tiens, Suzette va te montrer.

Et tandis que la femme de chambre faisait une tresse, Laurence fit l'autre, et en un instant Pauline se trouva si bien coiffée et si embellie qu'elle fit un cri de surprise. — Ah! mon Dieu, quelle adresse! s'écria-t-elle; je ne me coiffais pas ainsi de peur d'y perdre trop de temps, et j'en mettais le double.

— Oh! c'est que nous autres, répondit Laurence, nous sommes forcées de nous faire belles le plus possible et le plus vite possible.

— Et à quoi cela me servirait-il, à moi? dit Pauline en laissant tomber ses coudes sur la toilette, et en se regardant au miroir d'un air sombre et désolé.

— Tiens, s'écria Laurence, te voilà encore Phèdre! Reste comme cela, j'étudie!

Pauline sentit ses yeux se remplir de larmes. Pour que Laurence ne s'en aperçût pas (et c'est ce que Pauline craignait le plus au monde en cet instant), elle s'enfuit dans une autre pièce et dévora d'amers sanglots. Il y avait de la douleur et de la colère dans son âme, mais elle ne savait pas elle-même pourquoi ces orages s'élevaient en elle. Le soir, Laurence était partie. Pauline avait pleuré en la voyant monter en voiture, et, cette fois, c'était de regret; car Laurence venait de la faire vivre pendant trente-six heures, et elle pensait avec effroi au lendemain. Elle tomba accablée de fatigue dans son lit, et s'endormit brisée, désirant ne plus s'éveiller. Lorsqu'elle s'éveilla, elle jeta un regard de morne épouvante sur ces murailles qui ne gardaient aucune trace du rêve que Laurence y avait évoqué. Elle se leva lentement, s'assit machinalement devant son miroir et essaya de refaire ses tresses de la veille. Tout à coup, rappelée à la réalité par le chant de son serin qui s'éveillait dans sa cage, toujours gai, toujours indifférent à la captivité, Pauline se leva, ouvrit la cage, puis la fenêtre, et poussa dehors l'oiseau sédentaire, qui ne voulait pas s'envoler. « Ah! tu n'es pas digne de la liberté! » dit-elle en le voyant revenir vers elle aussitôt. Elle retourna à sa toilette, défit ses tresses avec une sorte de rage, et tomba le visage sur ses mains crispées. Elle resta ainsi jusqu'à l'heure où sa mère s'éveillait. La fenêtre était restée ouverte, Pauline n'avait pas senti le froid. Le serin était rentré dans sa cage et chantait de toutes ses forces.

III.

Un an s'était écoulé depuis le passage de Laurence à Saint-Front, et l'on y parlait encore de la mémorable soirée où la célèbre actrice avait reparu avec tant d'éclat parmi ses concitoyens; car on se tromperait grandement si l'on supposait que les préventions de la province sont difficiles à vaincre. Quoi qu'on dise à cet égard, il n'est point de séjour où la bienveillance soit plus aisée à conquérir, de même qu'il n'en est pas où elle soit plus facile à perdre. On dit ailleurs que le temps est un grand maître; il faut dire en province que c'est l'ennui qui modifie, qui justifie tout. Le premier choc d'une nouveauté quelconque contre les habitudes d'une petite ville est certainement terrible, si l'on y songe la veille; mais le lendemain on reconnaît que ce n'était rien, et que mille curiosités inquiètes n'attendaient qu'un premier exemple pour se lancer dans la carrière des innovations. Je connais certains chefs-lieux de canton où la première femme qui se permit de galoper sur une selle anglaise fut traitée de cosaque en jupon, et où, l'année suivante, toutes les dames de l'endroit voulurent avoir équipage d'amazone jusqu'à la cravache inclusivement.

A peine Laurence fut-elle partie qu'une prompte et universelle réaction s'opéra dans les esprits. Chacun voulait justifier l'empressement qu'il avait mis à la voir en grandissant la réputation de l'actrice, ou du moins en ouvrant de plus en plus les yeux sur son mérite réel. Peu à peu on en vint à se disputer l'honneur de lui avoir parlé le premier, et ceux qui n'avaient pu se résoudre à l'aller voir prétendirent qu'ils y avaient fortement poussé les autres. Cette année-là, une diligence fut établie de Saint-Front à Mont-Laurent, et plusieurs personnages importants de la ville (de ces gens qui possèdent 15,000 fr. de rentes au soleil, et qui ne se déplacent pas aisément, parce que, sans eux, à les entendre, le pays retomberait dans la barbarie), se risquèrent enfin à faire le voyage de la capitale. Ils revinrent tous remplis de la gloire de Laurence, et fiers d'avoir pu dire à leurs voisins du balcon ou de la première galerie, au moment où la salle *croulait*, comme on dit, sous les applaudissements : — Monsieur, cette grande actrice a longtemps habité la ville que j'habite. C'était l'amie intime de ma femme. Elle dînait quasi tous les jours *à la maison*. Oh! nous avions bien deviné son talent! Je vous assure que, quand elle nous récitait des vers, nous nous disions entre nous : « Voilà une jeune personne qui peut aller loin! » Puis, quand ces personnes furent de retour à Saint-Front, elles racontèrent avec orgueil qu'elles avaient été rendre leurs devoirs à la grande actrice, qu'elles avaient dîné à sa table, qu'elles avaient passé la soirée dans son magnifique salon... Ah! quel salon! quels meubles! quelles peintures! et quelle société amusante et honorable! des artistes, des députés; monsieur un tel, le peintre de portraits; madame une telle, la cantatrice; et puis des glaces, et puis de la musique... Que sais-je? la tête en tournait à tous ceux qui entendaient ces beaux récits, et chacun de s'écrier : Je l'avais toujours dit qu'elle réussirait! Nul autre que moi ne l'avait devinée.

Toutes ces puérilités eurent un seul résultat sérieux, ce fut de bouleverser l'esprit de la pauvre Pauline, et d'augmenter son ennui jusqu'au désespoir. Je ne sais si quelques semaines de plus n'eussent pas empiré son état au point de lui faire négliger sa mère. Mais celle-ci fit une grave maladie qui ramena Pauline au sentiment de ses devoirs. Elle recouvra tout à coup sa force morale et physique, et soigna la triste aveugle avec un admirable dévouement. Son amour et son zèle ne purent la sauver. Madame D... expira dans ses bras environ quinze mois après l'époque où Laurence était passée à Saint-Front.

Depuis ce temps, les deux amies avaient entretenu une correspondance assidue de part et d'autre. Tandis qu'au milieu de sa vie active et agitée, Laurence aimait à songer à Pauline, à pénétrer en esprit dans sa paisible et sombre demeure, à s'y reposer du bruit de la foule auprès du fauteuil de l'aveugle et des géraniums de la fenêtre ; Pauline, effrayée de la monotonie de ses habitudes, éprouvait l'invincible besoin de secouer cette mort lente qui s'étendait sur elle, et de s'élancer en rêve dans le tourbillon qui emportait Laurence. Peu à peu le ton de supériorité morale que, par un noble orgueil, la jeune provinciale avait gardé dans ses premières lettres avec la comédienne, fit place à un ton de résignation douloureuse qui, loin de diminuer l'estime de son amie, la toucha profondément. Enfin les plaintes s'exhalèrent du cœur de Pauline, et Laurence fut forcée de se dire, avec une sorte de consternation, que l'exercice de certaines vertus paralyse l'âme des femmes, au lieu de la fortifier. — Qui donc est heureux, demanda-t-elle un soir à sa mère en posant sur son bureau une lettre qui portait la trace des larmes de Pauline ; et où faut-il aller chercher le repos de l'âme? Celle qui me plaignait tant au début de ma vie d'artiste se plaint aujourd'hui de sa réclusion d'une manière déchirante, et me trace un si horrible tableau des ennuis de la solitude, que je suis presque tentée de me croire heureuse sous le poids du travail et des émotions.

Lorsque Laurence reçut la nouvelle de la mort de l'aveugle, elle tint conseil avec sa mère, qui était une personne fort sensée, fort aimante, et qui avait eu le bon esprit de demeurer la meilleure amie de sa fille. Elle voulut la détourner d'un projet qu'elle caressait depuis quelque temps : celui de se charger de l'existence de Pauline en lui faisant partager la sienne aussitôt qu'elle serait libre. — Que deviendra cette pauvre enfant désormais? disait Laurence. Le devoir qui l'attachait à sa mère est accompli. Aucun mérite religieux ne viendra plus ennoblir et poétiser sa vie. Cet odieux séjour d'une petite ville n'est pas fait pour elle. Elle sent vivement toutes choses, son intelligence cherche à se développer. Qu'elle vienne donc près de nous ; puisqu'elle a besoin de vivre, elle vivra.

— Oui, elle vivra par les yeux, répondit madame S..., la mère de Laurence ; elle verra les merveilles de l'art, mais son âme n'en sera que plus inquiète et plus avide.

— Eh bien! reprit l'actrice, vivre par les yeux lorsqu'on arrive à comprendre ce qu'on voit, n'est-ce pas vivre par l'intelligence? et n'est-ce pas de cette vie que Pauline est altérée?

— Elle le dit, repartit madame S..., elle te trompe, elle se trompe elle-même. C'est par le cœur qu'elle demande à vivre, la pauvre fille!

— Eh bien! s'écria Laurence, son cœur ne trouvera-t-il pas un aliment dans l'affection du mien? Qui l'aimerait dans sa petite ville comme je l'aime? Et si l'amitié ne suffit pas à son bonheur, croyez-vous qu'elle ne trouvera pas autour de nous un homme digne de son amour?

La bonne madame S... secoua la tête. — Elle ne voudra pas être aimée en artiste, dit-elle avec un sourire dont sa fille comprit la mélancolie.

L'entretien fut repris le lendemain. Une nouvelle lettre de Pauline annonçait que la modique fortune de sa mère allait être absorbée par d'anciennes dettes que son père avait laissées, et qu'elle voulait payer à tout prix et sans retard. La patience des créanciers avait fait grâce à la vieillesse et aux infirmités de madame D... ; mais sa fille, jeune et capable de travailler pour vivre, n'avait pas droit aux mêmes égards. On pouvait, sans trop rougir, la dépouiller de son mince héritage. Pauline ne voulait ni attendre la menace, ni implorer la pitié ; elle renonçait à la succession de ses parents et allait essayer de monter un petit atelier de broderie.

Ces nouvelles levèrent tous les scrupules de Laurence et imposèrent silence aux sages prévisions de sa mère. Toutes deux montèrent en voiture, et huit jours après elles revinrent à Paris avec Pauline.

Ce n'était pas sans quelque embarras que Laurence avait offert à son amie de l'emmener et de se charger d'elle à jamais. Elle s'attendait bien à trouver chez elle un reste de préjugés et de dévotion ; mais la vérité est que Pauline n'était pas réellement pieuse. C'était une âme fière et jalouse de sa propre dignité. Elle trouvait dans le catholicisme la nuance qui convenait à son caractère, car toutes les nuances possibles se trouvent dans les religions vieillies ; tant de siècles les ont modifiées, tant d'hommes ont mis la main à l'édifice, tant d'intelligences, de passions et de vertus y ont apporté leurs trésors, leurs erreurs ou leurs lumières, que mille doctrines se trouvent à la fin contenues dans une seule, et mille natures diverses y peuvent puiser l'excuse ou le stimulant qui leur convient. C'est par là que ces religions s'élèvent, c'est aussi par là qu'elles s'écroulent.

Pauline n'était pas douée des instincts de douceur, d'amour et d'humilité qui caractérisent les natures vraiment évangéliques. Elle était si peu portée à l'abnégation, qu'elle s'était toujours trouvée malheureuse, immolée qu'elle était à ses devoirs. Elle avait besoin de sa propre estime, et peut-être aussi de celle d'autrui, bien plus que de l'amour de Dieu et du bonheur du prochain. Tandis que Laurence, moins forte et moins orgueilleuse, se consolait de toute privation et de tout sacrifice en voyant sourire sa mère, Pauline reprochait à la sienne, malgré elle et dans le fond de son cœur, cette longue satisfaction conquise à ses dépens. Ce ne fut donc pas un sentiment d'austérité religieuse qui la fit hésiter à accepter l'offre de son amie, ce fut la crainte de n'être pas assez dignement placée auprès d'elle.

D'abord Laurence ne la comprit pas, et crut que la peur d'être blâmée par les esprits rigides la retenait encore. Mais ce n'était pas là non plus le motif de Pauline. L'opinion avait changé autour d'elle ; l'amitié de la grande actrice n'était plus une honte, c'était un honneur. Il y avait désormais une sorte de gloire à se vanter de son attention et de son souvenir. La nouvelle apparition qu'elle fit à Saint-Front fut un triomphe bien supérieur au premier. Elle fut obligée de se défendre des hommages importuns que chacun aspirait à lui rendre, et la préférence exclusive qu'elle montrait à Pauline excita mille jalousies dont Pauline put s'enorgueillir.

Au bout de quelques heures d'entretien, Laurence vit qu'un scrupule de délicatesse empêchait Pauline d'accepter ses bienfaits. Laurence ne comprit pas trop cet excès de fierté qui craint d'accepter le poids de la reconnaissance ; mais elle le respecta, et se fit humble jusqu'à la prière, jusqu'aux larmes, pour vaincre cet orgueil de la pauvreté, qui serait la plus laide chose du monde si tant d'insolences protectrices n'étaient là pour le justifier. Pauline devait-elle craindre cette insolence de la part de Laurence? Non ; mais elle ne pouvait s'empêcher de trembler un peu, et Laurence, quoiqu'un peu blessée de cette méfiance, se promit et se flatta de la vaincre bientôt. Elle en triompha du moins momentanément, grâce à cette éloquence du cœur dont elle avait le don ; et Pauline, touchée, curieuse, entraînée, posa un pied tremblant sur le seuil de cette vie nouvelle, se promettant de revenir sur ses pas au premier mécompte qu'elle y rencontrerait.

Les premières semaines que Pauline passa à Paris furent calmes et charmantes. Laurence avait été assez gravement malade pour obtenir, il y avait déjà deux mois, un congé qu'elle consacrait à des études consciencieuses. Elle occupait avec sa mère un joli petit hôtel au milieu de jardins où le bruit de la ville n'arrivait qu'à peine, et où elle recevait peu de monde. C'était la saison où chacun est à la campagne, où les théâtres sont peu brillants, où les vrais artistes aiment à méditer et à se recueillir. Cette jolie maison, simple, mais décorée avec un goût parfait, ces habitudes élégantes, cette vie paisible et intelligente que Laurence avait su se faire au milieu d'un monde d'intrigue et de corruption, donnaient un généreux démenti à toutes les terreurs que Pauline avait éprouvées autrefois sur le compte de son amie. Il est vrai que Laurence n'avait pas toujours été aussi prudente, aussi bien entourée, aussi sagement posée dans sa propre vie qu'elle l'était désormais. Elle avait acquis à ses dépens de l'expérience et du discernement, et, quoique bien jeune encore, elle avait été fort éprouvée par l'ingratitude et la méchanceté. Après avoir beaucoup souffert, beaucoup pleuré ses illusions et beaucoup regretté les courageux élans de sa jeunesse, elle s'était résignée à subir la vie telle qu'elle est faite ici-bas, à ne rien craindre comme à ne rien provoquer de la part de l'opinion, à sacrifier souvent l'enivrement des rêves à la douceur de suivre un bon conseil, l'irritation d'une juste colère à la sainte joie de pardonner. En un mot, elle commençait à résoudre, dans l'exercice de son art comme dans sa vie privée, un problème difficile. Elle s'était apaisée sans se refroidir, elle se contenait sans s'effacer.

Sa mère, dont la raison l'avait quelquefois irritée, mais dont la bonté la subjuguait toujours, lui avait été une providence. Si elle n'avait pas été assez forte pour la préserver de quelques erreurs, elle avait été assez sage pour l'en retirer à temps. Laurence s'était parfois égarée, et jamais perdue. Madame S... avait su à propos lui faire le sacrifice apparent de ses principes, et, quoi qu'on en dise, quoi qu'on en pense, ce sacrifice est le plus sublime que puisse suggérer l'amour maternel. Honte à la mère qui abandonne sa fille par la crainte d'être réputée sa complaisante ou sa complice! Madame S... avait affronté cette horrible accusation, et on ne la lui avait pas épargnée. Le grand cœur de Laurence l'avait compris, et, désormais sauvée par elle, arrachée au vertige qui l'avait un instant suspendue au bord des abîmes, elle eût sacrifié tout, même une passion ardente, même un espoir légitime, à la crainte d'attirer sur sa mère un outrage nouveau.

Ce qui se passait à cet égard dans l'âme de ces deux femmes était si délicat, si exquis et entouré d'un si chaste mystère, que Pauline, ignorante et inexpérimentée à vingt-cinq ans comme une fille de quinze, ne pouvait ni le comprendre, ni le pressentir. D'abord, elle ne songea pas à le pénétrer; elle ne fut frappée que du bonheur et de l'harmonie parfaite qui régnaient dans cette famille : la mère, la fille artiste et les deux jeunes sœurs, ses élèves, ses filles aussi, car elle assurait leur bien-être à la sueur de son noble front, et consacrait à leur éducation ses plus douces heures de liberté. Leur intimité, leur enjouement à toutes, faisaient un contraste bien étrange avec l'espèce de haine et de crainte qui avait cimenté l'attachement réciproque de Pauline et de sa mère. Pauline en fit la remarque avec une souffrance intérieure qui n'était pas du remords (elle avait vaincu cent fois la tentation d'abandonner ses devoirs), mais qui ressemblait à de la honte. Pouvait-elle ne pas se sentir humiliée de trouver plus de dévouement et de véritables vertus domestiques dans la demeure élégante d'une comédienne, qu'elle n'avait pu en pratiquer au sein de ses austères foyers? Que de pensées brûlantes lui avaient fait monter la rougeur au front, lorsqu'elle veillait seule la nuit, à la clarté de sa lampe, dans sa pudique cellule! et maintenant, elle voyait Laurence couchée sur un divan de sultane, dans son boudoir d'actrice, lisant tout haut des vers de Shakspeare à ses petites sœurs attentives et recueillies, pendant que la mère, alerte encore, fraîche et mise avec goût, préparait leur toilette du lendemain et reposait à la dérobée sur ce beau groupe, si cher à ses entrailles, un regard de béatitude. Là étaient réunis l'enthousiasme d'artiste, la bonté, la poésie, l'affection, et au-dessus planait encore la sagesse, c'est-à-dire le sentiment du beau moral, le respect de soi-même, le courage du cœur. Pauline pensait rêver, elle ne pouvait se décider à croire ce qu'elle voyait; peut-être y répugnait-elle par la crainte de se trouver inférieure à Laurence.

Malgré ces doutes et ces angoisses secrètes, Pauline fut admirable dans ses premiers rapports avec de nouvelles existences. Toujours fière dans son indigence, elle eut la noblesse de savoir se rendre utile plus que dispendieuse. Elle refusa avec un stoïcisme extraordinaire chez une jeune provinciale les jolies toilettes que Laurence lui voulait faire adopter. Elle s'en tint strictement à son deuil habituel, à sa petite robe noire, à sa petite collerette blanche, à ses cheveux sans rubans et sans joyaux. Elle s'immisça volontairement dans le gouvernement de la maison, dont Laurence n'entendait, comme elle le disait, que la synthèse, et dont le détail devenait un peu lourd pour la bonne madame S... Elle y apporta des réformes d'économie, sans en diminuer l'élégance et le confortable. Puis, reprenant à de certaines heures ses travaux d'aiguille, elle consacra toutes ses jolies broderies à la toilette des deux petites filles. Elle se fit encore leur sous-maîtresse et leur répétiteur dans l'intervalle des leçons de Laurence. Elle aida celle-ci à apprendre ses rôles en les lui faisant réciter; enfin elle sut se faire une place à la fois humble et grande au sein de cette famille, et son juste orgueil fut satisfait de la déférence et de la tendresse qu'elle reçut en échange.

Cette vie fut sans nuage jusqu'à l'entrée de l'hiver. Tous les jours Laurence avait à dîner deux ou trois vieux amis; tous les soirs, six à huit personnes intimes venaient prendre le thé dans son petit salon et causer agréablement sur les arts, sur la littérature, voire un peu sur la politique et la philosophie sociale. Ces causeries, pleines de charme et d'intérêt entre des personnes distinguées, pouvaient rappeler, pour le bon goût, l'esprit et la politesse, celles qu'on avait, au siècle dernier, chez mademoiselle Verrière, dans le pavillon qui fait le coin de la rue Caumartin et du boulevard. Mais elles avaient plus d'animation véritable; car l'esprit de notre époque est plus profond, et d'assez graves questions peuvent être agitées, même entre les deux sexes, sans ridicule et sans pédantisme. Le véritable esprit des femmes pourra encore consister pendant longtemps à savoir interroger et écouter; mais il leur est déjà permis de comprendre ce qu'elles écoutent et de vouloir une réponse sérieuse à ce qu'elles demandent.

Le hasard fit que durant toute cette fin d'automne la société intime de Laurence ne se composa que de femmes ou d'hommes d'un certain âge, étrangers à toute prétention. Disons, en passant, que ce ne fut pas seulement le hasard qui fit ce choix, mais le goût que Laurence éprouvait et manifestait de plus en plus pour les choses et partant pour les personnes sérieuses. Autour d'une femme remarquable, tout tend à s'harmoniser et à prendre la teinte de ses pensées et de ses sentiments. Pauline n'eut donc pas l'occasion de voir une seule personne qui pût déranger le calme de son esprit; et ce qui fut étrange, même à ses propres yeux, c'est qu'elle commençait déjà à trouver cette vie monotone, cette société un peu pâle, et à se demander si le rêve qu'elle avait fait du *tourbillon* de Laurence devait n'avoir pas une plus saisissante réalisation. Elle s'étonna de retomber dans l'affaissement qu'elle avait si longtemps combattu dans la solitude; et, pour justifier vis-à-vis d'elle-même cette singulière inquiétude, elle se persuada qu'elle avait pris dans sa retraite une tendance au spleen que rien ne pourrait guérir.

Mais les choses ne devaient pas durer ainsi. Quelque répugnance que l'actrice éprouvât à rentrer dans le bruit du monde, quelque soin qu'elle prît d'écarter de son intimité tout caractère léger, toute assiduité dangereuse, l'hiver arriva. Les châteaux cédèrent leurs hôtes aux salons de Paris, les théâtres ravivèrent leur répertoire, le public réclama ses artistes privilégiés. Le mouvement, le travail hâté, l'inquiétude et l'attrait du succès envahirent le paisible intérieur de Laurence. Il fallut laisser franchir le seuil du sanctuaire à d'autres hommes qu'aux vieux amis. Des gens de lettres, des camarades de théâtre, des hommes d'État, en rapport par les subventions avec les grandes académies dramatiques, les uns remarquables par le talent, d'autres par la figure et l'élégance, d'autres encore par le crédit et la fortune, passèrent peu à peu d'abord, et puis en foule, devant le rideau sans couleur et sans images où Pauline brûlait de voir le monde de ses rêves se dessiner enfin à ses yeux. Laurence, habituée à ce cortége de la célébrité, ne sentit pas son cœur s'émouvoir. Seulement sa vie changea forcément de cours, ses heures furent plus remplies, son cerveau plus absorbé par l'étude, ses fibres d'artiste plus excitées par le contact du public. Sa mère et ses sœurs la suivirent, paisibles et fidèles satellites, dans son orbe éblouissant. Mais Pauline !... Ici commença enfin à poindre la vie de son âme, et à s'agiter dans son âme le drame de sa vie.

IV.

Parmi les jeunes gens qui se posaient en adorateurs de Laurence, il y avait un certain Montgenays, qui faisait des vers et de la prose pour son plaisir, mais qui, soit modestie, soit dédain, ne s'avouait point homme de lettres. Il avait de l'esprit, beaucoup d'usage du monde, quelque instruction et une sorte de talent. Fils d'un banquier, il avait hérité d'une fortune considérable, et ne songeait point à l'augmenter, mais ne se mettait guère en peine d'en faire un usage plus noble que d'acheter des chevaux, d'avoir des loges aux théâtres, de bons dîners chez lui, de beaux meubles, des tableaux et des dettes. Quoique ce ne fût ni un grand esprit ni un grand cœur, il faut dire à son excuse qu'il était beaucoup moins frivole et moins ignare que ne le sont pour la plupart les jeunes gens riches de ce temps-ci. C'était un homme sans principes, mais par convenance ennemi du scandale; passablement corrompu, mais élégant dans ses mœurs, toutes mauvaises qu'elles fussent; capable de faire le mal par occasion et non par goût; sceptique par éducation, par habitude et par ton; porté aux vices du monde par manque de bons principes et de bons exemples, plus que par nature et par choix; du reste, critique intelligent, écrivain pur, causeur agréable, connaisseur et dilettante dans toutes les branches des beaux-arts, protecteur avec grâce, sachant et faisant un peu de tout; voyant la meilleure compagnie sans ostentation, et fréquentant la mauvaise sans effronterie; consacrant une grande partie de sa fortune, non à secourir les artistes malheureux, mais à recevoir avec luxe les célébrités. Il était bien venu partout, et partout il était parfaitement convenable. Il passait pour un grand homme auprès des ignorants, et pour un homme éclairé chez les gens ordinaires. Les personnes d'un esprit élevé estimaient sa conversation par comparaison avec celle des autres riches, et les orgueilleux la toléraient parce qu'il savait les flatter en les raillant. Enfin, ce Montgenays était précisément ce que les gens du monde appellent un homme d'esprit; les artistes, un homme de goût. Pauvre, il eût été confondu dans la foule des intelligences vulgaires; riche, on devait lui savoir gré de n'être ni un juif, ni un sot, ni un maniaque.

Il était de ces gens qu'on rencontre partout, que tout le monde connaît au moins de vue, et qui connaissent chacun par son nom. Il n'était point de société où il ne fût admis, point de théâtre où il n'eût ses entrées dans les coulisses et dans le foyer des acteurs, point d'entreprise où il n'eût quelques capitaux, point d'administration où il n'eût quelque influence, point de cercle dont il ne fût un des fondateurs et un des soutiens. Ce n'était pas le dandysme qui lui avait servi de clef pour pénétrer ainsi à travers le monde; c'était un certain savoir-faire, plein d'égoïsme, exempt de passion, mêlé de vanité, et soutenu d'assez d'esprit pour faire paraître son rôle plus généreux, plus intelligent et plus épris de l'art qu'il ne l'était en effet.

Sa position l'avait, depuis quelques années déjà, mis en rapport avec Laurence; mais ce furent d'abord des rapports éloignés, de pure politesse; et si Montgenays y avait mis parfois de la galanterie, c'était dans la mesure la plus parfaite et la plus convenable. Laurence s'était un peu méfiée de lui d'abord, sachant fort bien qu'il n'est point de société plus funeste à la réputation d'une jeune actrice que celle de certains hommes du monde. Mais quand elle vit que Montgenays ne lui faisait pas la cour, qu'il venait chez elle assez souvent pour manifester quelque prétention, et qu'il n'en manifestait cependant aucune, elle lui sut gré de cette manière d'être, la prit pour un témoignage d'estime de très-bon goût; et, craignant de se montrer prude ou coquette en se tenant sur ses gardes, elle le laissa pénétrer dans son intimité, en reçut avec confiance mille petits services insignifiants qu'il lui rendit avec un empressement respectueux, et ne craignit pas de le nommer parmi ses amis véritables, lui faisant un grand mérite d'être beau, riche, jeune, influent, et de n'avoir aucune fatuité.

La conduite extérieure de Montgenays autorisait cette confiance. Chose étrange cependant, cette confiance le blessait en même temps qu'elle le flattait. Soit qu'on le prît pour l'amant ou pour l'ami de Laurence, son amour-propre était caressé. Mais lorsqu'il se disait qu'elle le traitait en réalité comme un homme sans conséquence, il en éprouvait un secret dépit, et il lui passait par l'esprit de s'en venger quelque jour.

Le fait est qu'il n'était point épris d'elle. Du moins, depuis trois ans qu'il la voyait de plus en plus intimement, le calme apathique de son cœur n'en avait reçu aucune atteinte. Il était de ces hommes déjà blasés par de secrets désordres, qui ne peuvent plus éprouver de désirs violents que ceux où la vanité est en cause. Lorsqu'il avait connu Laurence, sa réputation et son talent étaient en marche ascendante; mais ni l'un ni l'autre n'étaient assez constatés pour qu'il attachât un grand prix à sa conquête. D'ailleurs, il avait bien assez d'esprit pour savoir que les avantages du monde n'assurent point aujourd'hui de succès infaillibles. Il apprit et il vit que Laurence avait une âme trop élevée pour céder jamais à d'autres entraînements que ceux du cœur. Il sut en outre que, trop insouciante peut-être de l'opinion publique alors que son âme était envahie par un sentiment généreux, elle redoutait néanmoins et repoussait l'imputation d'être protégée et assistée par un amant. Il s'enquit de son passé, de sa vie intime : il s'assura que tout autre cadeau que celui d'un bouquet serait repoussé d'elle comme un sanglant affront; et en même temps que ces découvertes lui donnèrent de l'estime pour Laurence, elles éveillèrent en lui la pensée de vaincre cette fierté, parce que cela était difficile et aurait du retentissement. C'était donc dans ce but qu'il s'était glissé dans son intimité, mais avec adresse, et pensant bien que le premier point était de lui ôter toute crainte sur ses intentions.

Pendant ces trois ans le temps avait marché, et l'occasion de risquer une tentative ne s'était pas présentée. Le talent de Laurence était devenu incontestable, sa célébrité avait grandi, son existence était assurée, et, ce qu'il y avait de plus remarquable, son cœur ne s'était point donné. Elle vivait repliée sur elle-même, ferme, calme, triste parfois, mais résolue de ne plus se risquer à la légère sur l'aile des orages. Peut-être ses réflexions l'avaient-elle rendue plus difficile, peut-être ne trouvait-elle aucun homme digne de son choix... Était-ce dédain, était-ce courage? Montgenays se le demandait avec anxiété. Quelques-uns se persuadaient qu'il était aimé en secret, et lui demandaient compte, à lui, de son indifférence apparente. Trop adroit pour se laisser pénétrer, Montgenays répondait que le respect enchaînerait toujours en lui la pensée d'être autre chose pour Laurence qu'un ami et un frère. On redisait ces paroles à Laurence, et on lui demandait si sa fierté ne dispenserait jamais ce pauvre Montgenays d'une déclaration qu'il n'aurait jamais l'audace de lui faire. — Je le crois modeste, répondait-elle, mais pas au point de ne pas savoir dire qu'il aime, si jamais il vient à aimer. Cette réponse revenait à Montgenays, et il ne savait s'il devait la prendre pour la raillerie du dépit ou pour la douceur de l'indifférence. Sa vanité en était parfois si tourmentée, qu'il était prêt à tout risquer pour le savoir; mais la crainte de tout gâter et de tout perdre le retenait, et le temps s'écoulait sans qu'il vît jour à sortir de ce cercle vicieux où chaque semaine le transportait d'une phase d'espoir à une phase de découragement, et d'une résolution d'hypocrisie à une résolution d'impertinence, sans qu'il lui fût jamais possible de trouver l'heure convenable pour une déclaration qui ne fût pas insensée, ou pour une retraite qui ne fût pas ridicule. Ce qu'il craignait le plus au monde, c'était de prêter à rire, lui qui mettait son amour-propre à jouer un personnage sérieux. La présence de Pauline lui vint en aide, et la beauté de cette jeune fille sans expérience lui suggéra de nouveaux plans sans rien changer à son but.

Il imagina de se conformer à une tactique bien vulgaire, mais qui manque rarement son effet, tant les femmes sont accessibles à une sotte vanité. Il pensa qu'en feignant une velléité d'amour pour Pauline il éveillerait chez son amie le désir de la supplanter. Absent de Paris depuis plusieurs mois, il fit sa rentrée dans le salon de Laurence un certain soir où Pauline, étonnée, effarouchée de voir le cercle habituel s'agrandir d'heure en heure, commençait à souffrir du peu d'ampleur de sa robe noire et de la roideur de sa collerette. Dans ce cercle, elle remarquait plusieurs actrices toutes jolies ou du moins attrayantes à force d'art; puis, en se comparant à elles, en se comparant à Laurence même, elle se disait avec raison que sa beauté était plus régulière, plus irréprochable, et qu'un peu de toilette suffirait pour l'établir devant tous les yeux. En passant et repassant dans le salon, selon sa coutume, pour préparer le thé, veiller à la clarté des lampes et vaquer à tous ces petits soins qu'elle avait assumés volontairement sur elle, son mélancolique regard plongeait dans les glaces, et son petit costume de demi-béguine commençait à la choquer. Dans un de ces moments-là elle rencontra précisément dans la glace le regard de Montgenays, qui observait tous ses mouvements. Elle ne l'avait pas entendu annoncer; elle l'avait rencontré dans l'antichambre sans le voir lorsqu'il était arrivé. C'était le premier homme d'une belle figure et d'une véritable élégance qu'elle eût encore pu remarquer. Elle en fut frappée d'une sorte de terreur; elle reporta ses yeux sur elle-même avec inquiétude, trouva sa robe flétrie, ses mains rouges, ses souliers épais, sa démarche gauche. Elle eût voulu se cacher pour échapper à ce regard qui la suivait toujours, qui observait son trouble, et qui était assez pénétrant dans les sentiments d'une donnée vulgaire pour comprendre d'emblée ce qui se passait en elle. Quelques instants après, elle remarqua que Montgenays parlait d'elle à Laurence; car, tout en s'entretenant à voix basse, leurs regards se portaient sur elle. — Est-ce une première camériste ou une demoiselle de compagnie que vous avez là? demandait Montgenays à Laurence, quoiqu'il sût fort bien le roman de Pauline. — Ni l'une ni l'autre, répondit Laurence. C'est mon amie de province dont je vous ai souvent parlé. Comment vous plaît-elle? — Montgenays affecta de ne pas répondre d'abord, de regarder fixement Pauline; puis il dit d'un ton étrange que Laurence ne lui connaissait pas, car c'était une intonation mise en réserve depuis longtemps pour faire son effet dans l'occasion : — Admirablement belle, délicieusement jolie! — En vérité! s'écria Laurence toute surprise de ce mouvement, vous me rendez bien heureuse de me dire cela! Venez, que je vous présente à elle. — Et, sans attendre sa réponse, elle le prit par le bras et l'entraîna jusqu'au bout du salon, où Pauline essayait de se faire une contenance en rangeant son métier de broderie. — Permets-moi, ma chère enfant, lui dit Laurence, de te présenter un de mes amis que tu ne connais pas encore, et qui depuis longtemps désire beaucoup te connaître. — Puis, ayant nommé Montgenays à Pauline, qui, dans son trouble, n'entendit rien, elle adressa la parole à un de ses camarades qui entrait; et, changeant de groupe, elle laissa Montgenays et Pauline face à face, pour ainsi dire tête à tête, dans le coin du salon.

Jamais Pauline n'avait parlé à un homme aussi bien frisé, cravaté, chaussé et parfumé. Hélas! on n'imagine pas quel prestige ces minuties de la vie élégante exercent sur l'imagination d'une fille de province. Une main blanche, un diamant à la chemise, un soulier verni, une fleur à la boutonnière, sont des recherches qui ne brillent plus en quelque sorte dans un salon que par leur absence; mais qu'un commis-voyageur étale ces séductions inouïes dans une petite ville, et tous les regards seront attachés sur lui. Je ne veux pas dire que tous les cœurs voleront au-devant du sien, mais du moins je pense qu'il sera bien sot s'il n'en accapare pas quelques-uns.

Cet engouement puéril ne dura qu'un instant chez Pauline. Intelligente et fière, elle eut bientôt secoué ce reste de *provincialité;* mais elle ne put se défendre de trouver une grande distinction et un grand charme dans les paroles que Montgenays lui adressa. Elle avait rougi d'être troublée par le seul extérieur d'un homme. Elle se réconcilia avec sa première impression en croyant trouver dans l'esprit de cet homme le même cachet d'élégance dont toute sa personne portait l'empreinte. Puis cette attention particulière qu'il lui accordait, le soin qu'il semblait avoir pris de se faire présenter à elle retirée dans un coin parmi les tasses de Chine et les vases de fleurs, le plaisir timide qu'il paraissait goûter à la questionner sur ses goûts, sur ses impressions et ses sympathies, la traitant de prime-abord comme une personne éclairée, capable de tout comprendre et de tout juger; toutes ces coquetteries de la politesse du monde, dont Pauline ne connaissait pas la banalité et la perfidie, la réveillèrent de sa langueur habituelle. Elle s'excusa un instant sur son ignorance de toutes choses; Montgenays parut prendre cette timidité pour une admirable modestie ou pour une méfiance dont il se plaignait d'une façon cafarde. Peu à peu Pauline s'enhardit jusqu'à vouloir montrer qu'elle aussi avait de l'esprit, du goût, de l'instruction. Le fait est qu'elle en avait extraordinairement eu égard à son existence passée, mais qu'au milieu de tous ces artistes brisés à une causerie étincelante elle ne pouvait éviter de tomber parfois dans le lieu commun. Quoique sa nature distinguée la préservât de toute expression triviale, il était facile de voir que son esprit n'était pas encore sorti tout à fait de l'état de chrysalide. Un homme supérieur à Montgenays n'en eût été que plus intéressé à ce développement; mais le vaniteux en conçut un secret mépris pour l'intelligence de Pauline, et il décida avec lui-même, dès cet instant, qu'elle ne lui servirait jamais que de jouet, de moyen, de victime, s'il le fallait.

Qui eût pu supposer dans un homme froid et nonchalant en apparence une résolution si sèche et si cruelle? Personne, à coup sûr. Laurence, malgré tout son jugement, ne pouvait le soupçonner, et Pauline, moins que personne, devait en concevoir l'idée.

Lorsque Laurence se rapprocha d'elle, se souvenant avec sollicitude qu'elle l'avait laissée auprès de Montgenays troublée jusqu'à la fièvre, confuse jusqu'à l'angoisse, elle fut fort surprise de la retrouver brillante, enjouée, animée d'une beauté inconnue, et presque aussi à l'aise que si elle eût passé sa vie dans le monde.

— Regarde donc ton amie de province, lui dit à l'oreille un vieux comédien de ses amis; n'est-ce pas merveille de voir comme en un instant l'esprit vient aux filles?

Laurence fit peu d'attention à cette plaisanterie. Elle ne remarqua pas non plus, le lendemain, que Montgenays était venu lui rendre visite une heure trop tôt, car il savait fort bien que Laurence sortait de la répétition à quatre heures; et depuis trois jusqu'à quatre heures il l'avait attendue au salon, non pas seul, mais penché sur le métier de Pauline.

Au grand jour, Pauline l'avait trouvé fort vieux. Quoiqu'il n'eût que trente ans, son visage portait la flétrissure de quelques excès; l'on sait que la beauté est inséparable, dans les idées de province, de la fraîcheur et de la santé. Pauline ne comprenait pas encore, et ceci faisait son éloge, que les traces de la débauche pussent imprimer au front une apparence de poésie et de grandeur. Combien d'hommes dans notre époque de romantisme ont été réputés penseurs et poëtes, rien que pour avoir l'orbite creusé et le front dévasté avant l'âge! Combien ont paru hommes de génie qui n'étaient que malades!

Mais le charme des paroles captiva Pauline encore plus que la veille. Toutes ces insinuantes flatteries que la femme du monde la plus bornée sait apprécier à leur valeur, tombaient dans l'âme aride et flétrie de la pauvre recluse comme une pluie bienfaisante. Son orgueil, trop longtemps privé de satisfactions légitimes, s'épanouissait au souffle dangereux de la séduction, et quelle séduction déplorable! celle d'un homme parfaitement froid, qui méprisait sa crédulité, et qui voulait en faire un marchepied pour s'élever jusqu'à Laurence!

V.

La première personne qui s'aperçut de l'amour insensé de Pauline fut madame S..... Elle avait pressenti et deviné, avec l'instinct du génie maternel, le projet et la tactique de Montgenays. Elle n'avait jamais été dupe de son indifférence simulée, et s'était toujours tenue en méfiance de lui, ce qui faisait dire à Montgenays que madame S... était, comme toutes les mères d'artiste, une femme bornée, maussade, fâcheuse au développement de sa fille. Lorsqu'il fit la cour à Pauline, madame S..., emportée par sa sollicitude, craignit que cette ruse n'eût une sorte de succès, et que Laurence ne se sentît piquée d'avoir passé inaperçue devant les yeux d'un homme à la mode. Elle n'eût pas dû croire Laurence accessible à ce petit sentiment; mais madame S..., au milieu de sa sagesse vraiment supérieure, avait de ces enfantillages de mère qui s'effraie hors de raison au moindre danger. Elle craignit le moment où Laurence ouvrirait les yeux sur l'intrigue entamée par Montgenays, et, au lieu d'appeler la raison et la tendresse de sa fille au secours de Pauline, elle essaya seule de détromper celle-ci et de l'éclairer sur son imprudence.

Mais, quoiqu'elle y mît de l'affection et de la délicatesse, elle fut fort mal accueillie. Pauline était enivrée; on lui eût arraché la vie plutôt que la présomption d'être adorée. La manière un peu aigre dont elle repoussa les avertissements de madame S... donnèrent un peu d'amertume à celle-ci. Il y eut quelques paroles échangées où perçait d'une part le sentiment de l'infériorité de Pauline, de l'autre l'orgueil du triomphe remporté sur Laurence. Effrayée de ce qui lui était échappé, Pauline le confia à Montgenays, qui, plein de joie, s'imagina que madame S... avait été en ceci la confidente et l'écho du dépit de sa fille. Il crut toucher à son but, et, comme un joueur qui double son enjeu, il redoubla d'attentions et d'assiduités auprès de Pauline. Déjà il avait osé lui faire ce lâche mensonge d'un amour qu'il n'éprouvait pas. Elle avait feint de n'y pas croire; mais elle n'y croyait que trop, l'infortunée! Quoiqu'elle se fût défendue avec courage, Montgenays n'en était pas moins sûr d'avoir bouleversé profondément tout son être moral. Il dédaignait le reste de sa victoire, et attendait, pour la remporter ou l'abandonner, que Laurence se prononçât pour ou contre.

Absorbée par ses études et forcée de passer presque toutes ses journées au théâtre, le matin pour les répétitions, le soir pour les représentations, Laurence ne pouvait suivre les progrès que Montgenays faisait dans l'estime de Pauline. Elle fut frappée, un soir, de l'émotion avec laquelle la jeune fille entendit Lavallée, le vieux comédien, homme d'esprit, qui avait servi de patron et pour ainsi dire de répondant à Laurence lors de ses débuts, juger sévèrement le caractère et l'esprit de Montgenays. Il le déclara vulgaire entre tous les hommes vulgaires; et, comme Laurence défendait au moins les qualités de son cœur, Lavallée s'écria : — Quant à moi, je sais bien que je serai contredit ici par tout le monde, car tout le monde lui veut du bien. Et savez-vous pourquoi tout le monde l'aime? c'est qu'il n'est pas méchant. — Il me semble que c'est quelque chose, dit Pauline avec intention et en lançant un regard plein d'amertume au vieil artiste, qui était pourtant le meilleur des hommes et qui ne prit rien pour lui de l'allusion. — C'est moins que rien, répondit-il; car il n'est pas bon, et voilà pourquoi je ne l'aime pas, si vous voulez le savoir. On n'a jamais rien à espérer et l'on a tout à craindre d'un homme qui n'est ni bon ni méchant.

Plusieurs voix s'élevèrent pour défendre Montgenays, et celle de Laurence par-dessus toutes les autres; seulement elle ne put l'excuser lorsque Lavallée lui démontra par des preuves que Montgenays n'avait point d'ami véritable, et qu'on ne lui avait jamais vu aucun de ces mouvements de vertueuse colère qui trahissent un cœur généreux et grand. Alors Pauline, ne pouvant se contenir davantage, dit à Laurence qu'elle méritait plus que personne le reproche de Lavallée, en laissant accabler un de ses amis les plus sûrs et les plus dévoués sans indignation et sans douleur. Pauline, en faisant cette sortie étrange, tremblait et cassait son aiguille de tapisserie; son agitation fut si marquée qu'il se fit un instant de silence, et tous les yeux se tournèrent vers elle avec surprise. Elle vit alors son imprudence, et essaya de la réparer en blâmant d'une manière générale le train du monde en ces sortes d'affaires. — C'est une chose bien triste à étudier dans ce pays, dit-elle, que l'indifférence avec laquelle on entend déchirer des gens auxquels on ne rougit pourtant pas un instant après de faire bon accueil et de serrer la main. Je suis une ignorante, moi, une provinciale sans usage; mais je ne peux m'habituer à cela... Voyons, monsieur Lavallée, c'est à vous de me donner raison; car me voici précisément dans un de ces mouvements de vertu brutale dont vous reprochez l'absence à M. Montgenays. — En prononçant ces derniers mots, Pauline s'efforçait de sourire à Laurence pour atténuer l'effet de ce qu'elle avait dit, et elle y avait réussi pour tout le monde, excepté pour son amie, dont le regard, plein de sollicitude et de pénétration, surprit une larme au bord de sa paupière. Lavallée donna raison à Pauline, et ce lui fut une occasion de débiter avec un remarquable talent une tirade du *Misanthrope* sur l'ami du genre humain. Il avait la tradition de Fleury pour jouer ce rôle, et il l'aimait tellement que, malgré lui, il s'était identifié avec le caractère d'Alceste plus que sa nature ne l'exigeait de lui. Ceci arrive souvent aux artistes : leur instinct les porte à moitié vers un type qu'ils reproduisent avec amour, le succès qu'ils obtiennent dans cette création fait l'autre moitié de l'assimilation; et c'est ainsi que l'art, qui est l'expression de la vie en nous, devient souvent en nous la vie elle-même.

Lorsque Laurence fut seule le soir avec son amie, elle l'interrogea avec la confiance que donne une véritable affection. Elle fut surprise de la réserve et de l'espèce de crainte qui régnait dans ses réponses, et elle finit par s'en inquiéter. — Écoute, ma chérie, lui dit-elle en la quittant, toute la peine que tu prends pour me prouver que tu ne l'aimes pas me fait craindre que tu ne l'aimes réellement. Je ne te dirai pas que cela m'afflige, car je crois Montgenays digne de ton estime; mais je ne sais pas s'il t'aime, et je voudrais en être sûre. Si cela était, il me semble qu'il aurait dû me le dire avant de te le faire entendre. Je suis ta mère, moi! La connaissance que j'ai du monde et de ses abîmes me donne le droit et m'impose le devoir de te guider et de t'éclairer au besoin. Je t'en supplie, n'écoute les belles paroles d'aucun homme avant de m'avoir consultée; c'est à moi de lire la première dans le cœur qui s'offrira à toi; car je suis calme, et je ne crois pas que lorsqu'il s'agira de Pauline, de la personne que j'aime le plus au monde après ma mère et mes sœurs, on puisse être habile à me tromper.

Ces tendres paroles blessèrent Pauline jusqu'au fond de l'âme. Il lui sembla que Laurence voulait s'élever au-dessus delle en s'arrogeant le droit de la diriger. Pauline ne pouvait pas oublier le temps où Laurence lui semblait perdue et dégradée, et où ses prières orgueilleuses montaient vers Dieu comme celle du Pharisien, demandant un peu de pitié pour l'excommuniée rejetée à la porte du temple. Laurence aussi l'avait gâtée comme on gâte un enfant, par trop de tendresse et d'engouement naïf. Elle lui avait trop souvent répété dans ses lettres qu'elle était devant ses yeux comme un ange de lumière et de pureté dont la céleste image la préserverait de toute mauvaise pensée. Pauline s'était habituée à poser devant Laurence comme une madone, et recevoir d'elle désormais un avertissement maternel lui paraissait un outrage. Elle en fut humiliée et même courroucée à ne pouvoir dormir. Cependant le lendemain elle vainquit en elle-même ce mouvement injuste, et la remercia cordialement de sa tendre inquiétude; mais elle ne put se résoudre à lui avouer ses sentiments pour Montgenays.

Une fois éveillée, la sollicitude de Laurence ne s'endormit plus. Elle eut un entretien avec sa mère, lui reprocha un peu de ne pas lui avoir dit plus tôt ce qu'elle avait cru deviner, et, respectant la méfiance de Pauline,

Ah! tu n'es pas digne de la liberté. (Page 10.)

qu'elle attribuait à un excès de pudeur, elle observa toutes les démarches de Montgenays. Il ne lui fallut pas beaucoup de temps pour s'assurer que madame S... avait deviné juste, et, trois jours après son premier soupçon, elle acquit la certitude qu'elle cherchait. Elle surprit Pauline et Montgenays au milieu d'un tête-à-tête fort animé, feignit de ne pas voir le trouble de Pauline, et, dès le soir même, elle fit venir Montgenays dans son cabinet d'étude où elle dit : — Je vous croyais mon ami, et j'ai pourtant un manque d'amitié bien grave à vous reprocher, Montgenays. Vous aimez Pauline, et vous ne me l'avez pas confié. Vous lui faites la cour, et vous ne m'avez pas demandé de vous y autoriser.

Elle dit ces paroles avec un peu d'émotion, car elle blâmait sérieusement Montgenays dans son cœur, et la marche mystérieuse qu'il avait suivie lui causait quelque effroi pour Pauline. Montgenays désirait pouvoir attribuer ce ton de reproche à un sentiment personnel. Il se composa un maintien impénétrable, et résolut d'être sur la défensive jusqu'à ce que Laurence fît éclater le dépit qu'il lui supposait. Il nia son amour pour Pauline, mais avec une gaucherie volontaire et avec l'intention d'inquiéter de plus en plus Laurence.

Cette absence de franchise l'inquiéta en effet, mais toujours à cause de son amie, et sans qu'elle eût seulement la pensée de mêler sa personnalité à cette intrigue.

Montgenays, tout homme du monde qu'il était, eut la sottise de s'y tromper; et, au moment où il crut avoir enfin éveillé la colère et la jalousie de Laurence, il risqua le coup de théâtre qu'il avait longtemps médité, lui avoua que son amour pour Pauline n'était qu'une feinte vis-à-vis de lui-même, un effort désespéré, inutile peut-être pour s'étourdir sur un chagrin profond, pour se guérir d'une passion malheureuse... Un regard accablant de Laurence l'arrêta au moment où il allait se perdre et sauver Pauline. Il pensa que le moment n'était pas venu encore, et réserva son grand effet pour une crise plus favorable. Pressé par les sévères questions de Laurence, il se retourna de mille manières, inventa un roman tout en réticences, protesta qu'il ne se croyait pas aimé de Pauline, et se retira sans promettre de l'aimer sérieusement, sans consentir à la détromper, sans rassurer l'ami-

Elle voyait Laurence couchée sur un divan de sultane. (Page 12.)

tié de Laurence, et sans pourtant lui donner le droit de le condamner.

Si Montgenays était assez maladroit pour faire une chose hasardée, il était assez habile pour la réparer. Il était de ces esprits tortueux et puérils qui, de combinaison en combinaison, marchent péniblement et savamment vers un *fiasco* misérable. Il sut durant plusieurs semaines tenir Laurence dans une complète incertitude. Elle ne l'avait jamais soupçonné fat et ne pouvait se résoudre à le croire lâche. Elle voyait l'amour et la souffrance de Pauline, et désirait tellement son bonheur, qu'elle n'osait pas la préserver du danger en éloignant Montgenays. — Non, il ne m'adressait pas une impudente insinuation, disait-elle à sa mère, lorsqu'il m'a dit qu'un amour malheureux le tenait dans l'incertitude. J'ai cru un instant qu'il avait cette pensée, mais cela serait trop odieux. Je le crois homme d'honneur. Il m'a toujours témoigné une estime pleine de respect et de délicatesse. Il ne lui serait pas venu à l'esprit tout d'un coup de se jouer de moi et d'outrager mon amie en même temps. Il ne me croirait pas si simple que d'être sa dupe.

— Je le crois capable de tout, répondait madame S.... Demandez à Lavallée ce qu'il en pense; confiez-lui ce qui se passe : c'est un homme sûr, pénétrant et dévoué.

— Je le sais, dit Laurence; mais je ne puis cependant disposer d'un secret que Pauline refuse de me confier : on n'a pas le droit de trahir un mystère aussi délicat, quand on l'a surpris volontairement; Pauline en souffrirait mortellement, et, fière comme elle l'est, ne me le pardonnerait de sa vie. D'ailleurs Lavallée a des prétentions exagérées : il déteste Montgenays; il ne saurait le juger avec impartialité. Voyez quel mal nous allons faire à Pauline si nous nous trompons! S'il est vrai que Montgenays l'aime (et pourquoi ne serait-ce pas? elle est si belle, si sage, si intelligente!) nous tuons son avenir en éloignant d'elle un homme qui peut l'épouser et lui donner dans le monde un rang qu'à coup sûr elle désire; car elle souffre de nous devoir son existence, vous le savez bien. Sa position l'affecte plus qu'elle ne peut l'avouer; elle aspire à l'indépendance, et la fortune peut seule la lui donner.

— Et s'il ne l'épouse pas! reprit madame S.... Quant à moi, je crois qu'il n'y songe nullement.

— Et moi, s'écria Laurence, je ne puis croire qu'un homme comme lui soit assez infâme ou assez fou pour croire qu'il obtiendra Pauline autrement.

— Eh bien, si tu le crois, repartit la mère, essaie de les séparer; ferme-lui ta porte : ce sera le forcer à se déclarer. Sois sûre que, s'il l'aime, il saura bien vaincre les obstacles et prouver son amour par des offres honorables.

— Mais il a peut-être dit la vérité, reprenait Laurence, en s'accusant d'un amour mal guéri qui l'empêche encore de se prononcer. Cela ne se voit-il pas tous les jours? Un homme est quelquefois incertain des années entières entre deux femmes dont une le retient par sa coquetterie, tandis que l'autre l'attire par sa douceur et sa bonté. Il arrive un moment où la mauvaise passion fait place à la bonne, où l'esprit s'éclaire sur les défauts de l'ingrate maîtresse et sur les qualités de l'amie généreuse. Aujourd'hui, si nous brusquons l'incertitude de ce pauvre Montgenays, si nous lui mettons le couteau sur la gorge et le marché à la main, il va, ne fût-ce que par dépit, renoncer à Pauline, qui en mourra de chagrin peut-être, et retourner aux pieds d'une perfide qui brisera ou dessèchera son cœur; au lieu que, si nous conduisons les choses avec un peu de patience et de délicatesse, chaque jour, en voyant Pauline, en la comparant à l'autre femme, il reconnaîtra qu'elle seule est digne d'amour, et il arrivera à la préférer ouvertement. Que pouvons-nous craindre de cette épreuve? Que Pauline l'aime sérieusement? c'est déjà fait; qu'elle se laisse égarer par lui? c'est impossible. Il n'est pas homme à le tenter; elle n'est pas femme à s'y laisser prendre.

Ces raisons ébranlèrent un peu madame S.... Elle fit seulement consentir Laurence à empêcher les tête-à-tête que ses courses et ses occupations rendaient trop faciles et trop fréquents entre Pauline et Montgenays. Il fut convenu que Laurence emmènerait souvent son amie avec elle au théâtre. On devait penser que la difficulté de lui parler augmenterait l'ardeur de Montgenays, tandis que la liberté de la voir entretiendrait son admiration.

Mais ce fut la chose la plus difficile du monde que de décider Pauline à quitter la maison. Elle se renfermait dans un silence pénible pour Laurence; celle-ci était réduite à jouer avec elle un jeu puéril, en lui donnant des raisons dont elle ne la croyait point dupe. Elle lui représentait que sa santé était un peu altérée par les continuels travaux du ménage; qu'elle avait besoin de mouvement, de distraction. On lui fit même ordonnancer par un médecin un système de vie moins sédentaire. Tout échoua contre cette résistance inerte, qui est la force des caractères froids. Enfin Laurence imagina de demander à son amie, comme un service, qu'elle vînt l'aider au théâtre à s'habiller et à changer de costume dans sa loge. La femme de chambre était maladroite, disait-on; madame S... était souffrante et succombait à la fatigue de cette vie agitée; Laurence y succombait elle-même. Les tendres soins d'une amie pouvaient seuls adoucir les corvées journalières du métier. Pauline, forcée dans ses derniers retranchements, et poussée d'ailleurs par un reste d'amitié et de dévouement, céda, mais avec une répugnance secrète. Voir de près chaque jour les triomphes de Laurence était une souffrance à laquelle jamais elle n'avait pu s'habituer; et maintenant cette souffrance devenait plus cuisante. Pauline commençait à pressentir son malheur. Depuis que Montgenays s'était mis en tête l'espérance de réussir auprès de l'actrice, il laissait percer par instants, malgré lui, son dédain pour la provinciale. Pauline ne voulait pas s'éclairer, elle fermait les yeux à l'évidence avec terreur; mais, en dépit d'elle-même, la tristesse et la jalousie étaient entrées dans son âme.

VI.

Montgenays vit les précautions que Laurence prenait pour l'éloigner de Pauline; il vit aussi la sombre tristesse qui s'emparait de cette jeune fille. Il la pressa de questions; mais comme elle était encore avec lui sur la défensive, et qu'elle ne voulait plus lui parler qu'à la dérobée, il ne put rien apprendre de certain. Seulement il remarqua l'espèce d'autorité que, dans la candeur de son amitié, Laurence ne craignait pas de s'arroger sur son amie, et il remarqua aussi que Pauline ne s'y soumettait qu'avec une sorte d'indignation contenue. Il crut que Laurence commençait à la faire souffrir de sa jalousie; il ne voulut pas supposer que ses préférences pour une autre pussent laisser Laurence indifférente et loyale.

Il continua à jouer ce rôle fantasque, décousu avec intention, qui devait les laisser toutes deux dans l'incertitude. Il affecta de passer des semaines entières sans paraître devant elles; puis, tout à coup, il redevenait assidu, se donnait un air inquiet, tourmenté, montrant de l'humeur lorsqu'il était calme, feignant l'indifférence lorsqu'on pouvait lui supposer du dépit. Cette irrésolution fatiguait Laurence et désespérait Pauline. Le caractère de cette dernière s'aigrissait de jour en jour. Elle se demandait pourquoi Montgenays, après lui avoir montré tant d'empressement, devenait si nonchalant à vaincre les obstacles qu'on avait mis entre eux. Elle s'en prenait secrètement à Laurence de lui avoir préparé ce désenchantement et ne voulait pas reconnaître qu'en l'éclairant on lui rendait service. Lorsqu'elle interrogeait Montgenays, d'un air qu'elle essayait de rendre calme, sur ses fréquentes absences, il lui répondait, s'il était seul avec elle, qu'il avait eu des occupations, des affaires indispensables; mais, si Laurence était présente, il s'excusait sur la simple fantaisie d'un besoin de solitude ou de distraction. Un jour, Pauline lui dit devant madame S..., dont la présence assidue lui était un supplice, qu'il devait avoir une passion dans le grand monde, puisqu'il était devenu si rare dans la société des artistes. Montgenays répondit assez brutalement : — Quand cela serait, je ne vois pas en quoi une personne aussi grave que vous pourrait s'intéresser aux folies d'un jeune homme. En cet instant, Laurence entrait dans le salon. Au premier regard, elle vit un sourire douloureux et forcé sur le visage de Pauline. La mort était dans son âme. Laurence s'approcha d'elle et posa la main affectueusement sur son épaule. Pauline, ramenée à un sentiment de tendresse par une souffrance qu'en cet instant du moins elle ne pouvait pas imputer à sa rivale, retourna doucement la tête et effleura de ses lèvres la main de Laurence. Elle semblait lui demander pardon de l'avoir haïe et calomniée dans son cœur. Laurence ne comprit ce mouvement qu'à moitié, et appuya sa main plus fortement, en signe de profonde sympathie, sur l'épaule de la pauvre enfant. Alors Pauline, dévorant ses larmes et faisant un nouvel effort : — J'étais, dit-elle en crispant de nouveau ses traits pour sourire, en train de reprocher à *votre ami* l'abandon où il vous laisse. — L'œil scrutateur de Laurence se porta sur Montgenays. Il prit ce regard de sévère équité pour un élan de colère féminine, et se rapprochant d'elle : — Vous en plaignez-vous, Madame? dit-il avec une expression qui fit tressaillir Pauline. — Oui, je m'en plains, répondit Laurence d'un ton plus sévère encore que son regard. — Eh bien! cela me console de ce que j'ai souffert loin de vous, dit Montgenays en lui baisant la main. Laurence sentit frissonner Pauline. — Vous avez souffert? dit madame S..., qui voulait pénétrer dans l'âme de Montgenays; ce n'est pas ce que vous disiez tout à l'heure. Vous nous parliez de *folies de jeune homme* qui vous auraient un peu étourdi sur les chagrins de l'absence. — Je me prêtais à la plaisanterie que vous m'adressiez, répondit Montgenays. Laurence ne s'y fût pas trompée. Elle sait bien qu'il n'est plus de folies, plus de légèretés de cœur possibles à l'homme qu'elle honore de son estime. En parlant ainsi, son œil brillait d'un feu qui donnait à ses paroles un sens fort opposé à celui d'une paisible amitié. Pauline épiait tous ses mouvements; elle vit ce regard, et elle en fut atteinte jusqu'au cœur. Elle pâlit et repoussa la main de Laurence par un mouvement brusque et hautain. Laurence eut un moment de surprise. Elle interrogea des yeux sa mère, qui lui répondit par un signe d'intelligence. Au bout d'un instant, elles sortirent sous un léger prétexte, et, enlaçant leurs bras l'une à l'autre, elles firent quelques tours de promenade sur la terrasse du jardin. Laurence commençait enfin à pénétrer le mystère d'iniquité dont s'enveloppait le lâche amant de Pauline.

— Ce que je crois deviner, dit-elle à sa mère avec agitation, me bouleverse. J'en suis indignée, je n'ose y croire encore. — Il y a longtemps que j'en ai la conviction, répondit madame S.... Il joue une odieuse comédie; mais ses prétentions s'élèvent jusqu'à toi, et Pauline est sacrifiée à ses orgueilleux projets. — Eh bien! répondit Laurence, je détromperai Pauline. Pour cela, il me faut une certitude; je le laisserai s'avancer, et je le dévoilerai quand il se sera pris au piége. Puisqu'il veut engager avec moi une intrigue de théâtre si vulgaire et si connue, je le combattrai par les mêmes moyens, et nous verrons lequel de nous deux sait le mieux jouer la comédie. Je n'aurais jamais cru qu'il voulût se mettre en concurrence avec moi, lui dont ce n'est pas la profession.

— Prends garde, dit madame S..., tu t'en feras un ennemi mortel, et un ennemi littéraire, qui plus est.

— Puisqu'il faut toujours avoir des ennemis dans le journalisme, reprit Laurence, que m'importe un de plus? Mon devoir est de préserver Pauline, et, pour qu'elle ne souffre pas de l'idée d'une trahison de ma part, je vais, avant tout, l'avertir de mes desseins.

— Ce sera le moyen de les faire avorter, répondit madame S.... Pauline est plus engagée avec lui que tu ne penses. Elle souffre, elle aime, elle est folle. Elle ne veut pas que tu la détrompes. Elle te haïra quand tu l'auras fait.

— Eh bien! qu'elle me haïsse s'il le faut, dit Laurence en laissant échapper quelques larmes; j'aime mieux supporter cette douleur que de la voir devenir victime d'une infamie.

— En ce cas, attends-toi à tout, mais, si tu veux réussir, ne l'avertis pas. Elle préviendrait Montgenays, et tu te compromettrais avec lui en pure perte.

Laurence écouta les conseils de sa mère. Lorsqu'elle rentra au salon, Pauline et Montgenays avaient échangé aussi quelques mots qui avaient rassuré la malheureuse dupe. Pauline était rayonnante; elle embrassa son amie d'un air où perçaient la haine et l'ironie du triomphe. Laurence renferma le chagrin mortel qu'elle en ressentit, et comprit tout à fait le jeu que jouait Montgenays.

Ne voulant pas s'abaisser à donner une espérance positive à ce misérable, elle imita son air et ses manières, et s'enferma dans un système de bizarreries mystérieuses. Elle joua tantôt la mélancolie inquiète d'un amour méconnu, tantôt la gaieté forcée d'une résolution courageuse. Puis elle semblait retomber dans de profonds découragements. Incapable d'échanger avec Montgenays un regard provocant, elle prenait le temps où elle était observée par lui, et où Pauline avait le dos tourné, pour la suivre des yeux avec l'impatience d'une feinte jalousie. Enfin, elle fit si bien le personnage d'une femme au désespoir, mais fière jusqu'à préférer la mort à l'humiliation d'un refus, que Montgenays transporté oublia son rôle, et ne songea plus qu'à deviner celui qu'elle avait pris. Sa vanité l'interprétait suivant ses désirs; mais il n'osait encore se risquer, car Laurence ne pouvait se décider à provoquer clairement une déclaration de sa part. Excellente artiste qu'elle était, il lui était impossible de représenter parfaitement un personnage sans vraisemblance, et elle disait un jour à Lavallée que, malgré elle, sa mère avait mis dans la confidence (il avait d'ailleurs tout deviné de lui-même): — J'ai beau faire, je suis mauvaise dans ce rôle. C'est comme quand je joue une mauvaise pièce, je ne puis me mettre dans la situation. Il te souvient que, quand nous étions en scène avec ce pauvre Mélidor, qui disait si tranquillement les choses du monde les plus passionnées, nous évitions de nous regarder pour ne pas rire. Eh bien, avec ce Montgenays, c'est absolument de même; quand tu es là et que mes yeux rencontrent les tiens, je suis au moment d'éclater; alors, pour me conserver un air triste, il faut que je pense au malheur de Pauline, et ceci me remet en scène naturellement; mais à mes dépens, car mon cœur saigne. Ah! je ne savais pas que la comédie fût plus fatigante à jouer dans le monde que sur les planches!

— Il faudra que je t'aide, répondit Lavallée; car je vois bien que seule tu ne viendras jamais à bout de faire tomber son masque. Repose-toi sur moi du soin de le forcer dans ses derniers retranchements sans te compromettre sérieusement.

Un soir, Laurence joua Hermione dans la tragédie d'*Andromaque*. Il y avait longtemps que le public attendait sa rentrée dans cette pièce. Soit qu'elle l'eût bien étudiée récemment, soit que la vue d'un auditoire nombreux et brillant l'électrisât plus qu'à l'ordinaire, soit enfin qu'elle eût besoin de jeter dans ce bel ouvrage toute la verve et tout l'art qu'elle employait si désagréablement depuis quinze jours avec Montgenays, elle y fut magnifique, et y eut un succès tel qu'elle n'en avait point encore obtenu au théâtre. Ce n'était pas tant le génie que la réputation de Laurence qui la rendait si désirable à Montgenays. Les jours où elle était fatiguée et où le public se montrait un peu froid pour elle, il s'endormait plus tranquillement dans la pensée qu'il pouvait échouer dans son entreprise; mais, lorsqu'on la rappelait sur la scène et qu'on lui jetait des couronnes, il ne dormait point, et passait la nuit à machiner ses plans de séduction. Ce soir-là, il assistait à la représentation, dans une petite loge sur le théâtre, avec Pauline, madame S... et Lavallée. Il était si agité des applaudissements frénétiques que recueillait la belle tragédienne, qu'il ne songeait pas seulement à la présence de Pauline. Deux ou trois fois il la froissa avec ses coudes (on sait que ces loges sont fort étroites) en battant des mains avec emportement. Il désirait que Laurence le vît, l'entendît par-dessus tout le bruit de la salle; et Pauline s'étant plainte avec aigreur de ce que son empressement à applaudir l'empêchait d'entendre les derniers mots de chaque réplique, il lui dit brutalement: — Qu'avez-vous besoin d'entendre? Est-ce que vous comprenez cela, vous?

Il y avait des moments où, malgré ses habitudes de diplomatie, Montgenays ne pouvait réprimer un dédain grossier pour cette malheureuse fille. Il ne l'aimait point, quelles que fussent sa beauté et les qualités réelles de son caractère; et il s'indignait en lui-même de l'aplomb crédule de cette petite bourgeoise, qui croyait effacer à ses yeux l'éclat de la grande actrice; et lui aussi était fatigué, dégoûté de son rôle. Quelque méchant qu'on soit, on ne réussit guère à faire le mal avec plaisir. Si ce n'est le remords, c'est la honte qui paralyse souvent les ressources de la perversité.

Pauline se sentit défaillir. Elle garda le silence; puis, au bout d'un instant, elle se plaignit de ne pouvoir supporter la chaleur; elle se leva et sortit. La bonne madame S..., qui la plaignait sincèrement, la suivit et la conduisit dans la loge de Laurence, où Pauline tomba sur le sofa et perdit connaissance. Tandis que madame S... et la femme de chambre de Laurence la délaçaient et tâchaient de la ranimer, Montgenays, incapable de songer au mal qu'il lui avait fait, continuait à admirer et à applaudir la tragédienne. Lorsque l'acte fut fini, Lavallée s'empara de lui, et, se composant le visage le plus sincère que jamais l'artifice du comédien ait porté sur la scène: — Savez-vous, lui dit-il, que jamais notre Laurence n'a été plus étonnante qu'aujourd'hui? Son regard, sa voix, ont pris un éclat que je ne leur connaissais pas. Cela m'inquiète!

— Comment donc? reprit Montgenays. Craindriez-vous que ce ne fût l'effet de la fièvre?

— Sans aucun doute; ceci est une vigueur fébrile, reprit Lavallée. Je m'y connais; je sais qu'une femme délicate et souffrante comme elle l'est n'arrive point à de tels effets sans une excitation funeste. Je gagerais que Laurence est en défaillance durant tout l'entracte. C'est ainsi que cela se passe chez ces femmes dont la passion fait toute la force.

— Allons la voir! dit Montgenays en se levant.

— Non pas, répondit Lavallée en le faisant rasseoir avec une solennité dont il riait en lui-même. Ceci ne serait guère propre à calmer ses esprits.

— Que voulez-vous dire? s'écria Montgenays.

— Je ne veux rien dire, répondit le comédien de l'air d'un homme qui craint de s'être trahi.

Ce jeu dura pendant tout l'entr'acte. Montgenays ne manquait pas de méfiance, mais il manquait de pénétration. Il avait trop de fatuité pour voir qu'on le raillait. D'ailleurs, il avait affaire à trop forte partie, et Lavallée se disait en lui-même : — Oui-da ! tu veux te frotter à un comédien qui pendant cinquante ans a fait rire et pleurer le public sans seulement sortir ses mains de ses poches ! tu verras !

A la fin de la soirée, Montgenays avait la tête perdue. Lavallée, sans lui dire une seule fois qu'il était aimé, lui avait fait entendre de mille manières qu'il l'était passionnément. Aussitôt que Montgenays s'y laissait prendre ouvertement, il feignait de vouloir le détromper, mais avec une gaucherie si adroite que le mystifié s'enferrait de plus en plus. Enfin, durant le cinquième acte, Lavallée alla trouver madame S... — Emmenez coucher Pauline, lui dit-il ; faites-vous accompagner de la femme de chambre, et ne la renvoyez à votre fille qu'un quart d'heure après la fin du spectacle. Il faut que Montgenays ait un tête-à-tête avec Laurence dans sa loge. Le moment est venu ; il est à nous : je serai là, caché derrière la psyché ; je ne quitterai pas votre fille d'un instant. Allez, et fiez-vous à moi.

Les choses se passèrent comme il l'avait prévu, et le hasard les seconda encore. Laurence, rentrant dans sa loge, appuyée sur le bras de Montgenays, et n'y trouvant personne (Lavallée était déjà caché derrière le rideau qui couvrait les costumes accrochés à la muraille, et la glace le masquait en outre), demanda où était sa mère et son amie. Un garçon de théâtre qui passait dans le couloir, et à qui elle adressa cette question, lui répondit (et cela était malheureusement vrai) qu'on avait été forcé d'emporter mademoiselle D... qui avait des convulsions. Laurence ne savait pas la scène que lui ménageait Lavallée ; d'ailleurs elle l'eût oubliée en apprenant cette triste nouvelle. Son cœur se serra, et, l'idée des souffrances de son amie se joignant à la fatigue et aux émotions de la soirée, elle tomba sur son siége et fondit en larmes. C'est alors que l'impertinent Montgenays, se croyant le maître et le tourment de ces deux femmes, perdit toute prudence, et risqua la déclaration la plus désordonnée et la plus froidement délirante qu'il eût faite de sa vie. C'était Laurence qu'il avait toujours aimée, disait-il ; c'était elle seule qui pouvait l'empêcher de se tuer ou de faire quelque chose de pis, un suicide moral, un mariage de dépit. Il avait tout tenté pour se guérir d'une passion qu'il ne croyait pas partagée : il s'était jeté dans le monde, dans les arts, dans la critique, dans la solitude, dans un nouvel amour ; mais rien n'avait réussi. Pauline était assez belle pour mériter son admiration ; mais, pour sentir autre chose pour elle qu'une froide estime, il eût fallu ne pas voir sans cesse Laurence à côté d'elle. Il *savait* bien qu'il était dédaigné, et dans son désespoir, ne voulant pas faire le malheur de Pauline en la trompant davantage, il allait s'éloigner pour jamais !... En annonçant cette humble résolution, il s'enhardit jusqu'à saisir une main de Laurence, qui la lui arracha avec horreur. Un instant elle fut transportée d'une telle indignation qu'elle allait le confondre ; mais Lavallée, qui voulait qu'elle eût des preuves, s'était glissé jusqu'à la porte, qu'il avait à dessein recouverte d'un pan de rideau jeté là comme par hasard. Il feignit d'arriver, frappa, toussa et entra brusquement. D'un coup d'œil il contint la juste colère de l'actrice, et tandis que Montgenays le donnait au diable, il parvint à l'emmener, sans lui laisser le temps de savoir l'effet qu'il avait produit. La femme de chambre arriva, et, tandis qu'elle rhabillait sa maîtresse, Lavallée se glissa auprès d'elle et en deux mots l'informa de ce qui s'était passé. Il lui dit de faire la malade et de ne point recevoir Montgenays le lendemain ; puis il retourna auprès de celui-ci et le reconduisit chez lui, où il s'installa jusqu'au matin, lui montant toujours la tête, et s'amusant tout seul, avec un sérieux vraiment comique, de tous les romans qu'il lui suggérait. Il ne sortit de chez lui qu'après lui avoir persuadé d'écrire à Laurence ; et, à midi, il y retourna et voulut lire cette lettre que Montgenays, en proie à une insomnie délirante, avait déjà faite et refaite cent fois. Le comédien feignit de la trouver trop timide, trop peu explicite.

— Soyez sûr, lui dit-il, que Laurence doutera de vous encore longtemps ; votre fantaisie pour Pauline a dû lui inspirer une inquiétude que vous aurez de la peine à détruire. Vous savez l'orgueil des femmes ; il faut sacrifier la provinciale, et vous exprimer clairement sur le peu de cas que vous en faites. Vous pouvez arranger cela sans manquer à la galanterie. Dites que Pauline est un ange peut-être, mais qu'une femme comme Laurence est plus qu'un ange ; dites ce que vous savez si bien écrire dans vos nouvelles et dans vos saynètes. Allez, et surtout ne perdez pas de temps ; on ne sait pas ce qui peut se passer entre ces deux femmes. Laurence est romanesque, elle a les instincts sublimes d'une reine de tragédie. Un mouvement généreux, un reste de crainte, peuvent la porter à s'immoler à sa rivale... Rassurez-la pleinement, et si elle vous aime, comme je le crois, comme j'en ai la ferme conviction, bien qu'on n'ait jamais voulu me l'avouer, je vous réponds que la joie du triomphe fera taire tous les scrupules.

Montgenays hésita, écrivit, déchira la lettre, la recommença... Lavallée la porta à Laurence.

VII.

Huit jours se passèrent sans que Montgenays pût être reçu chez Laurence et sans qu'il osât demander compte à Lavallée de ce silence et de cette consigne, tant il était honteux de l'idée d'avoir fait une école, et tant il craignait d'en acquérir la certitude.

Pendant qu'elles étaient ainsi enfermées, Pauline et Laurence étaient en proie aux orages intérieurs. Laurence avait tout fait pour amener son amie à un épanchement de cœur qu'il lui avait été impossible d'obtenir. Plus elle cherchait à la dégoûter de Montgenays, plus elle irritait sa souffrance sans hâter la crise favorable dont elle espérait son salut. Pauline s'offensait des efforts qu'on faisait pour lui arracher le secret de son âme. Elle avait vu les ruses de Laurence pour forcer Montgenays à se trahir, et les avait interprétées comme Montgenays lui-même. Elle en voulait donc mortellement à son amie d'avoir essayé et réussi à lui enlever l'amour d'un homme que, jusqu'à ces derniers temps, elle avait cru sincère. Elle attribuait cette conduite de Laurence à une odieuse fantaisie suggérée par l'ambition de voir tous les hommes à ses pieds. Elle a eu besoin, se disait-elle, d'y attirer même celui qui lui était le plus indifférent, dès qu'elle l'a vu s'adresser à moi. Je lui suis devenue un objet de mépris et d'aversion dès qu'elle a pu supposer que j'étais remarquée, fût-ce par un seul homme, à côté d'elle. De là son indiscrète curiosité et son espionnage pour deviner ce qui se passait entre lui et moi ; de là tous les efforts qu'elle fait maintenant pour l'empêcher de me voir ; de là enfin l'odieux succès qu'elle a obtenu à force de coquetteries, et le lâche triomphe qu'elle remporte sur moi en bouleversant un homme faible que sa gloire éblouit et que ma tristesse ennuie.

Pauline ne voulait pas accuser Montgenays d'un plus grand crime que celui d'un entraînement involontaire. Trop fière pour persévérer dans un amour mal récompensé, elle ne souffrait déjà plus que de l'humiliation d'être délaissée, mais cette douleur était la plus grande qu'elle pût ressentir. Elle n'était pas douée d'une âme tendre, et la colère faisait plus de ravages en elle que le regret. Elle avait d'assez nobles instincts pour agir et penser noblement au sein même des erreurs où l'entraînait l'orgueil blessé. Ainsi elle croyait Laurence odieuse à son égard ; et dans cette pensée, qui par elle-même était une déplorable ingratitude, elle n'avait pourtant ni le sentiment ni la volonté d'être ingrate. Elle se consolait en s'élevant dans son esprit au-dessus de sa rivale et en se promettant de lui laisser le champ libre, sans bassesse et sans ressentiment. Qu'elle soit satisfaite, se disait-elle, qu'elle triomphe, je le veux bien. Je me résigne à lui servir de trophée, pourvu qu'elle soit forcée un jour de me rendre justice, d'admirer ma grandeur d'âme, d'ap-

Il arrangea un nouveau roman. (Page 22.)

précier mon inaltérable dévouement, et de rougir de ses perfidies! Montgenays ouvrira les yeux aussi, et saura quelle femme il a sacrifiée à l'éclat d'un nom. Il s'en repentira, et il sera trop tard; je serai vengée par l'éclat de ma vertu.

Il est des âmes qui ne manquent pas d'élévation, mais de bonté. On aurait tort de confondre dans le même arrêt celles qui font le mal par besoin et celles qui le font malgré elles, croyant ne pas s'écarter de la justice. Ces dernières sont les plus malheureuses : elles vont toujours cherchant un idéal qu'elles ne peuvent trouver; car il n'existe pas sur la terre, et elles n'ont point en elles ce fonds de tendresse et d'amour qui fait accepter l'imperfection de l'être humain. On peut dire de ces personnes qu'elles sont affectueuses et bonnes seulement quand elles rêvent.

Pauline avait un sens très-droit et un véritable amour de la justice; mais entre la théorie et la pratique il y avait comme un voile qui couvrait son discernement : c'était cet amour-propre immense, que rien n'avait jamais contenu, que tout, au contraire, avait contribué à développer. Sa beauté, son esprit, sa belle conduite envers sa mère, la pureté de ses mœurs et de ses pensées, étaient sans cesse là devant elle comme des trésors lentement amassés dont on devait sans cesse lui rappeler la valeur pour l'empêcher d'envier ceux d'autrui; car elle voulait être quelque chose, et plus elle affectait de se rejeter dans la condition du vulgaire, plus elle se révoltait contre l'idée d'y être rangée. Il eût été heureux pour elle qu'elle pût descendre en elle-même avec la clairvoyance que donne une profonde sagesse ou une généreuse simplicité de cœur; elle y eût découvert que ses vertus bourgeoises avaient bien eu quelque tache, que son christianisme n'avait pas toujours été fort chrétien, que sa tolérance passée envers Laurence n'avait jamais été aussi complète, aussi cordiale qu'elle se l'était imaginé; elle y eût vu surtout un besoin tout personnel qui la poussait à vivre autrement qu'elle n'avait vécu, à se développer, à se manifester. C'était un besoin légitime et qui fait partie des droits sacrés de l'être humain; mais il n'y avait pas lieu de s'en faire une vertu, et c'est toujours un grand tort de se donner le change pour se grandir à ses propres yeux. De là à la vanité d'abuser les autres sur son propre mérite il n'y a qu'un pas, et, ce pas, Pauline l'avait fait.

Il lui était impossible de revenir en arrière et de consentir à n'être plus qu'une simple mortelle, après s'être laissé diviniser.

Ne voulant pas donner à Laurence la joie de l'avoir humiliée, elle affecta la plus grande indifférence et endura sa douleur avec stoïcisme. Cette tranquillité, dont Laurence ne pouvait être dupe, car elle la voyait dépérir, l'effrayait et la désespérait. Elle ne voulait pas se résoudre à lui porter le dernier coup en lui prouvant la honteuse infidélité de Mongenays; elle aimait mieux endurer l'accusation tacite de l'avoir séduit et enlevé. Elle n'avait pas voulu recevoir la lettre de Montgenays. Lavallée lui en avait dit le contenu, et elle l'avait prié de la garder chez lui toute cachetée pour s'en servir auprès de Pauline au besoin; mais combien elle eût voulu que cette lettre fût adressée à une autre femme! Elle savait bien que Pauline haïssait la cause plus que l'auteur de son infortune.

Un jour, Lavallée, en sortant de chez Laurence, rencontra Montgenays, qui, pour la dixième fois, venait de se faire refuser la porte. Il était outré, et, perdant toute mesure, il accabla le vieux comédien de reproches et de menaces. Celui-ci se contenta d'abord de hausser les épaules; mais, quand il entendit Montgenays étendre ses accusations jusqu'à Laurence, et, se plaignant d'avoir été joué, éclater en menaces de vengeance, Lavallée, homme de droiture et de bonté, ne put contenir son indignation. Il le traita comme un misérable, et termina en lui disant : — Je regrette en cet instant plus que jamais d'être vieux; il semble que les cheveux blancs soient un prétexte pour empêcher qu'on se batte, et vous croiriez que j'abuse du privilége pour vous outrager sans conséquence; mais j'avoue que, si j'avais vingt ans de moins, je vous donnerais des soufflets.

— La menace suffit pour être une lâcheté, répondit Montgenays pâle de fureur, et je vous renvoie l'outrage. Si j'avais vingt ans de plus, en fait de soufflets j'aurais l'initiative.

— Eh bien! s'écria Lavallée, prenez garde de me pousser à bout; car je pourrais bien me mettre au-dessus de tout remords comme de toute honte en vous faisant un outrage public, si vous vous permettiez la moindre méchanceté contre une personne dont l'honneur m'est beaucoup plus cher que le mien.

Montgenays, rentré chez lui et revenu de sa colère, pensa avec raison que toute vengeance qui aurait du retentissement tournerait contre lui; et, après avoir bien cherché, il en inventa une plus odieuse que toutes les autres : ce fut de renouer à tout prix son intrigue avec Pauline, afin de la détacher de Laurence. Il ne voulut pas être humilié par deux défaites à la fois. Il pensa bien qu'après le premier orage ces deux femmes feraient cause commune pour le railler ou le mépriser. Il aima mieux se faire haïr et perdre l'une, afin d'effrayer et d'affliger l'autre.

Dans cette pensée, il écrivit à Pauline, lui jura un éternel amour, et protesta contre les trames ignobles que, selon lui, Lavallée et Laurence auraient ourdies contre eux. Il demandait une explication, promettant de ne jamais reparaître devant Pauline si elle ne le trouvait complétement justifié après cette entrevue. Il la fallait secrète, car Laurence voulait les séparer. Pauline alla au rendez-vous; son orgueil et son amour avaient également besoin de consolation.

Lavallée, qui observait tout ce qui se passait dans la maison, surprit le message de Montgenays. Il le laissa passer, résolu à ne pas abandonner Pauline à son mauvais dessein, et dès cet instant il ne la perdit pas de vue; il la suivit comme elle sortit le soir, seule, à pied, pour la première fois de sa vie, et si tremblante qu'à chaque pas elle se sentait défaillir. Au détour de la première rue, il se présenta devant elle et lui offrit son bras. Pauline se crut insultée par un inconnu, elle fit un cri et voulut fuir. — Ne crains rien, ma pauvre enfant, lui dit Lavallée d'un ton paternel; mais vois à quoi tu t'exposes d'aller ainsi seule la nuit. Allons, ajouta-t-il en passant le bras de Pauline sous le sien, tu veux faire une folie! au moins fais-la convenablement. Je te conduirai, moi; je sais où tu vas, je ne te perdrai pas de vue. Je n'entendrai rien, vous causerez, je me tiendrai à distance, et je te ramènerai. Seulement rappelle-toi que, si Montgenays se doute le moins du monde que je suis là, ou si tu essaies de sortir de la portée de ma vue, je tombe sur lui à coups de canne.

Pauline n'essaya pas de nier. Elle était foudroyée de l'assurance de Lavallée; et, ne sachant comment s'expliquer sa conduite, préférant d'ailleurs toutes les humiliations à celle d'être trahie par son amant, elle se laissa conduire machinalement et à demi égarée jusqu'au parc de Monceaux, où Montgenays l'attendait dans une allée. Le comédien se cacha parmi les arbres, et les suivit de l'œil tandis que Pauline, docile à ses avertissements, se promena avec Montgenays sans se laisser perdre de vue, et sans vouloir lui expliquer l'obstination qu'elle mettait à ne pas aller plus loin. Il attribua cette persistance à une pruderie bourgeoise qu'il trouva fort ridicule, car il n'était pas assez sot pour débuter par de l'audace. Il se composa un maintien grave, une voix profonde, des discours pleins de sentiment et de respect. Il s'aperçut bientôt que Pauline ne connaissait ni la malheureuse déclaration ni la fâcheuse lettre; et, dès cet instant, il eut beau jeu pour prévenir les desseins de Laurence. Il feignit d'être en proie à un repentir profond et d'avoir pris des résolutions sérieuses; il arrangea un nouveau roman, se confessa d'un ancien amour pour Laurence, qu'il n'avait jamais osé avouer à Pauline, et qui de temps en temps s'était réveillé malgré lui, même lorsqu'il était aux genoux de cette aimable fille, si pure, si douce, si humble, si supérieure à l'orgueilleuse actrice. Il avait cédé à des séductions terribles, à des avances délirantes; et, dernièrement encore, il avait été assez fou, assez ennemi de sa propre dignité, de son propre bonheur, pour adresser à Laurence une lettre qu'il désavouait, qu'il détestait, et dont cependant il devait la révélation textuelle à Pauline. Il lui répéta cette lettre mot à mot, insista sur ce qu'elle avait de plus coupable, de moins pardonnable, disait-il, ne voulant pas de grâce, se soumettant à sa haine, à son oubli, mais ne voulant pas mériter son mépris. — Jamais Laurence ne vous montrera cette lettre, lui dit-il; elle a trop provoqué mon retour vers elle pour vous fournir cette preuve de sa coquetterie; je n'avais donc rien à craindre de ce côté; mais je n'ai pas voulu vous perdre sans vous faire savoir que j'accepte mon arrêt avec soumission, avec repentir, avec désespoir. Je veux que vous sachiez bien que je me rétracte, et voici une nouvelle lettre que je vous prie de faire tenir à Laurence. Vous verrez comme je la juge, comme je la traite, comme je la méprise, elle! cette femme orgueilleuse et froide qui ne m'a jamais aimé et qui voulait être adorée éternellement. Elle a fait le malheur de ma vie, non pas seulement parce qu'elle a déjoué toutes les espérances qu'elle m'avait données, mais encore parce qu'elle m'a empêché de m'attacher à vous comme je le devais, comme je le pouvais, comme je le pourrais encore, si vous pouviez me pardonner ma lâcheté, mon crime et ma folie. Partagé entre deux amours, l'un orageux, dévorant, funeste, l'autre pur, céleste, vivifiant, j'ai trahi celui qui eût relevé mon âme pour celui qui la tue. Je suis un misérable, mais non un scélérat. Ne voyez en moi qu'un homme affaibli et vaincu par les longues souffrances d'une passion déplorable; mais sachez bien que je ne survivrai pas à mes remords : votre pardon eût seul été capable de me sauver. Je ne puis l'implorer, car je sais que je ne le mérite pas. Vous me voyez tranquille, parce que je sais que je ne souffrirai pas longtemps. Ne craignez pas de m'accorder au moins quelque pitié; vous entendrez dire bientôt que je vous ai fait justice. Vous avez été outragée, il vous faut un vengeur. Le coupable c'est moi; le vengeur, ce sera moi encore.

Pendant deux heures entières, Montgenays tint de tels discours à Pauline. Elle fondait en larmes; elle lui pardonna, elle lui jura d'oublier tout, le supplia de ne pas se tuer, lui défendit de s'éloigner, et lui promit de le revoir, fallût-il se brouiller avec Laurence : Montgenays n'en espérait pas tant et n'en demandait pas davantage.

Lavallée la ramena. Elle ne lui adressa pas une parole durant tout le chemin. Sa tranquillité n'étonna point le vieux comédien; il pensa bien que Montgenays n'avait pas manqué de belles paroles et de robustes mensonges pour la calmer. Il pensa qu'elle était perdue s'il n'employait les grands moyens. Avant de la quitter, à la porte de Laurence, il glissa dans sa poche la première lettre de Montgenays, qui n'avait pas encore été décachetée.

Laurence fut fort surprise le soir, au moment de se coucher, de voir entrer dans sa chambre, d'un air calme et avec des manières affectueuses, Pauline, qui, depuis huit jours, ne lui avait adressé que des paroles sèches et ironiques. Elle tenait une lettre qu'elle lui remit, en lui disant que c'était Lavallée qui l'en avait chargée. En reconnaissant l'écriture et le cachet de Montgenays, Laurence pensa que Lavallée avait eu quelque bonne raison pour la charger de ce message, et que le moment était venu de porter aux grands maux le grand remède. Elle ouvrit la lettre d'une main tremblante, la parcourant des yeux, hésitant encore à la faire connaître à son amie, tant elle en prévoyait l'effet terrible. Quelle fut sa stupéfaction en lisant ce qui suit :

« Laurence, je vous ai trompée; ce n'est pas vous que j'aime, c'est Pauline; ne m'accusez pas, je me suis trompé moi-même. Tout ce que je vous ai dit, je le pensais en cet instant-là; l'instant d'après, et maintenant, et toujours, je le désavoue. C'est votre amie que j'adore et à qui je voudrais consacrer ma vie, si elle pouvait oublier mes bizarreries et mes incertitudes. Vous avez voulu m'égarer, m'abuser, me faire croire que vous pouviez, que vous vouliez me rendre heureux; vous n'y eussiez pas réussi, car vous n'aimez pas, et moi j'ai besoin d'une affection vraie, profonde, durable. Pardonnez-moi donc ma faiblesse comme je vous pardonne votre caprice. Vous êtes grande, mais vous êtes femme; je suis sincère, mais je suis homme; au moment de commettre une grande faute, qui eût été de nous tromper mutuellement, nous avons réfléchi et nous nous sommes ravisés tous deux, n'est-ce pas? Mais je suis prêt à mettre aux pieds de votre amie le dévouement de toute ma vie, et vous, vous êtes décidée à me permettre de lui faire ma cour assidûment, si elle-même ne me repousse pas. Croyez qu'en vous conduisant avec franchise et avec noblesse vous aurez en moi un ami fidèle et sûr. »

Laurence resta confondue; elle ne pouvait comprendre une telle impudence. Elle mit la lettre dans son bureau sans témoigner rien de sa surprise. Mais Pauline croyait lire au dedans de son âme, et s'indignait des mauvaises intentions qu'elle lui supposait. Il y avait une lettre outrageante contre moi, se disait-elle en se retirant dans sa chambre, et on me l'a remise; en voici une qu'on suppose devoir me consoler, et on ne me la remet pas. Elle s'endormit pleine de mépris pour son amie; et, dans la joie dont son âme était inondée, le plaisir de se savoir enfin si supérieure à Laurence empêchait l'amitié trahie de placer un regret. L'infortunée triomphait lorsqu'elle-même venait de coopérer avec une sorte de malice à sa propre ruine.

Le lendemain, Laurence commenta longuement cette lettre avec Lavallée. Le hasard ou l'habitude avait fait qu'elle était absolument conforme, pour le pli et le cachet, à celle que Montgenays avait écrite sous les yeux de Lavallée. On demanda à Pauline si elle n'avait pas eu deux lettres semblables dans sa poche lorsqu'elle avait remis celle-ci à Laurence. Triomphant en elle-même de leur désappointement, elle joua l'étonnement, prétendit ne rien comprendre à cette question, ne pas savoir de qui était la lettre, ni pourquoi ni comment on l'avait glissée dans sa poche. L'autre était déjà retournée entre les mains de Montgenays. Dans sa joie insensée, Pauline, voulant lui donner un grand et romanesque témoignage de confiance et de pardon, la lui avait envoyée sans l'ouvrir.

Laurence voulait encore croire à une sorte de loyauté de la part de Montgenays. Lavallée ne pouvait s'y tromper. Il lui raconta le rendez-vous où il avait conduit Pauline, et se le reprocha. Il avait compté qu'au sortir d'une entrevue où Montgenays aurait menti impudemment, l'effet de la lettre sur Pauline serait décisif. Il ne pouvait s'expliquer encore comment Pauline avait si merveilleusement aidé sa perversité à triompher de tous les obstacles. Laurence ne voulait pas croire qu'elle aussi s'entendît à l'intrigue et y prît une part si funeste à sa dignité.

Que pouvait faire Laurence? Elle tenta un dernier effort pour dessiller les yeux de son amie. Celle-ci éclatant enfin, et refusant de croire à d'autres éclaircissements que ceux que Montgenays lui avait donnés, lui déchira le cœur par l'amertume de ses reproches et le dédain triomphant de son illusion. Laurence fut forcée de lui adresser quelques avertissements sévères qui achevèrent de l'exaspérer; et comme Pauline lui déclarait qu'elle était indépendante, majeure, maîtresse de ses actions, et nullement disposée à se laisser enchaîner par les volontés arbitraires d'une personne qui l'avait indignement trompée, elle fut forcée de lui dire qu'elle ne pouvait donner les mains à sa perte, et qu'elle ne se pardonnerait jamais de tolérer dans sa maison, dans le sein de sa famille, les entreprises d'un corrupteur et d'un lâche. — Je réponds de toi devant Dieu et devant les hommes, lui dit-elle; si tu veux te jeter dans un abîme, je ne veux pas, moi, t'y pousser. — C'est pourquoi votre dévouement a été si loin, répondit Pauline, que de vouloir vous y jeter vous-même à ma place.

Outrée de cette injustice et de cette ingratitude, Laurence se leva, jeta un regard terrible sur Pauline, et, craignant de laisser déborder le torrent de sa colère, elle lui montra la porte avec un geste et une expression de visage dont elle fut terrifiée. Jamais la tragédienne n'avait été plus belle, même lorsqu'elle disait dans *Bajazet* son impérieux et magnifique : *Sortez!*

Lorsqu'elle fut seule, elle se promena dans sa chambre comme une lionne dans sa cage, brisant ses vases étrusques, ses statuettes, froissant ses vêtements et arrachant presque ses beaux cheveux noirs. Tout ce qu'elle avait de grandeur, de sincérité, de véritable tendresse dans l'âme, venait d'être méconnu et avili par celle qu'elle avait tant aimée, et pour qui elle eût donné sa vie! Il est des colères saintes où Jéhovah est en nous, et où la terre tremblerait si elle sentait ce qui se passe dans un grand cœur outragé. La petite sœur de Laurence entra, crut qu'elle étudiait un rôle, la regarda quelques instants sans rien dire, sans oser remuer; puis, s'effrayant de la voir si pâle et si terrible, elle alla dire à madame S... : — Maman, va donc voir Laurence; elle se rendra malade à force de travailler. Elle m'a fait peur.

Madame S... courut auprès de sa fille. Dès que Laurence la vit, elle se jeta dans ses bras et fondit en larmes. Au bout d'une heure, ayant réussi à s'apaiser, elle pria sa mère d'aller chercher Pauline. Elle voulait lui demander pardon de sa violence, afin d'avoir occasion de lui pardonner elle-même. On chercha Pauline dans toute la maison, dans le jardin, dans la rue... On revint dans sa chambre avec effroi. Laurence examinait tout, elle cherchait les traces d'une évasion; elle frémissait d'y trouver celles d'un suicide. Elle était dans un état impossible à rendre, lorsque Lavallée entra et lui dit qu'il venait de rencontrer Pauline dans un fiacre sur les boulevards. On attendit son retour avec anxiété; elle ne rentra pas pour dîner. Personne ne put manger; la famille était consternée; on craignait de faire un outrage à Pauline en la supposant en fuite. Enfin, Lavallée allait s'informer d'elle chez Montgenays, au risque d'une scène orageuse, lorsque Laurence reçut une lettre ainsi conçue :

« Vous m'avez chassée, je vous en remercie. Il y avait longtemps que le séjour de votre maison m'était odieux; j'avais senti, dès le premier jour, qu'il me serait funeste. Il s'y était passé trop de scandales et d'orages pour qu'une âme paisible et honnête n'y fût pas flétrie ou brisée. Vous m'avez assez avilie! vous avez fait de moi votre servante, votre dupe et votre victime! Je n'oublierai jamais le jour où, dans votre loge au théâtre, trouvant que je ne vous habillais pas assez vite, vous m'avez arraché des mains votre diadème de reine, en disant : « Je me couronnerai

Jamais la tragédienne n'avait été plus belle. (Page 23.)

bien sans toi et malgré toi ! » Vous vous êtes couronnée en effet ! Mes larmes, mon humiliation, ma honte, mon déshonneur (car vous m'avez déshonorée dans votre famille et parmi vos amis), ont été les glorieux fleurons de votre couronne ; mais c'est une royauté de théâtre, une majesté fardée, qui n'en impose qu'à vous-même et au public qui vous paie. Maintenant, adieu ; je vous quitte pour jamais, dévorée de la honte d'avoir vécu de vos bienfaits ; je les ai payés cher. »

Laurence n'acheva pas cette lettre ; elle continuait sur ce ton pendant quatre pages : Pauline y avait versé le fiel amassé lentement durant quatre ans de rivalité et de jalousie. Laurence la froissa dans ses mains et la jeta au feu sans vouloir en lire davantage. Elle se mit au lit avec la fièvre, et y resta huit jours accablée, brisée jusque dans ses entrailles, qui avaient été pour Pauline celles d'une mère et d'une sœur.

Pauline s'était retirée dans une mansarde où elle vécut cachée et vivant misérablement du fruit de son travail durant quelques mois. Montgenays n'avait pas été long à la découvrir ; il la voyait tous les jours, mais il ne put vaincre aisément son stoïcisme. Elle voulait supporter toutes les privations plutôt que de lui devoir un secours. Elle repoussa avec horreur les dons que Laurence faisait glisser dans sa mansarde avec les détours les plus ingénieux. Tout fut inutile. Pauline, qui refusait les offres de Montgenays avec calme et dignité, devinait celles de Laurence avec l'instinct de la haine, et les lui renvoyait avec l'héroïsme de l'orgueil. Elle ne voulut point la voir, quoique Laurence fît mille tentatives ; elle lui renvoyait ses lettres toutes cachetées. Son ressentiment fut inébranlable, et la généreuse sollicitude de Laurence ne fit que lui donner de nouvelles forces.

Comme elle n'aimait pas réellement Montgenays, et qu'elle n'avait voulu que triompher de Laurence en se l'attachant, cet homme sans cœur, qui voulait en faire sa maîtresse ou s'en débarrasser, lui mit presque le marché à la main. Elle le chassa. Mais il lui fit croire que Laurence lui avait pardonné, et qu'il allait retourner chez elle. Aussitôt elle le rappela, et c'est ainsi qu'il la tint sous son empire pendant six mois encore. Il s'attachait à elle de son côté par la difficulté de vaincre sa vertu ; mais il en vint à bout par un odieux moyen bien conforme à son système, et malheureusement bien propre à émouvoir

Pauline. Il se condamna à lui dire tous les jours et à toute heure que Laurence était devenue vertueuse par calcul, afin de se faire épouser par un homme riche ou puissant. La régularité des mœurs de Laurence, qu'on remarquait depuis plusieurs années, avait été souvent, dans les mauvais mouvements de Pauline, un sujet de dépit. Elle l'eût voulue désordonnée, afin d'avoir une supériorité éclatante sur elle. Mais Montgenays réussit à lui montrer les choses sous un nouveau jour. Il s'attacha à lui démontrer qu'en se refusant à lui, elle s'abaissait au niveau de Laurence, dont la tactique avait été de se faire désirer pour se faire épouser. Il lui fit croire qu'en s'abandonnant à lui avec dévouement et sans arrière-pensée, elle donnerait au monde un grand exemple de passion, de désintéressement et de grandeur d'âme. Il le lui redit si souvent que la malheureuse fille finit par le croire. Pour faire le contraire de Laurence, qui était l'âme la plus généreuse et la plus passionnée, elle fit les actes de la passion et de la générosité, elle qui était froide et prudente. Elle se perdit.

Quand Montgenays l'eut rendue mère, et que toute cette aventure eut fait beaucoup de bruit, il l'épousa par ostentation. Il avait, comme on sait, la prétention d'être excentrique, moral par principes, quoique, selon lui, il fût roué par excès d'habileté et de puissance sur les femmes. Il fit parler de lui tant qu'il put. Il dit du mal de Laurence, de Pauline et de lui-même; et se laissa accuser et blâmer avec constance, afin d'avoir l'occasion de produire un grand effet en donnant son nom et sa fortune à l'enfant de son amour.

Ce plat roman se termina donc par un mariage, et ce fut là le plus grand malheur de Pauline. Montgenays ne l'aimait déjà plus, si tant est qu'il l'eût jamais aimée. Quand il avait joué la comédie d'un admirable époux devant le monde, il laissait pleurer sa femme derrière le rideau, et allait à ses affaires ou à ses plaisirs sans se souvenir seulement qu'elle existât. Jamais femme plus vaine et plus ambitieuse de gloire ne fut plus délaissée, plus humiliée, plus effacée. Elle revit Laurence, espérant la faire souffrir par le spectacle de son bonheur. Laurence ne s'y trompa point, mais elle lui épargna la douleur de paraître clairvoyante. Elle lui pardonna tout, et oublia tous ses torts, pour n'être touchée que de ses souffrances. Pauline ne put jamais lui pardonner d'avoir été aimée de Montgenays, et fut jalouse d'elle toute sa vie.

Beaucoup de vertus tiennent à des facultés négatives. Il ne faut pas les estimer moins pour cela. La rose ne s'est pas créée elle-même, son parfum n'en est pas moins suave parce qu'il émane d'elle sans qu'elle en ait conscience; mais il ne faut pas trop s'étonner si la rose se flétrit en un jour, si les grandes vertus domestiques s'altèrent vite sur un théâtre pour lequel elles n'avaient pas été créées.

FIN DE PAULINE.

L'ORCO

Nous étions, comme de coutume, réunis sous la treille. La soirée était orageuse ; l'air pesant et le ciel chargé de nuages noirs que sillonnaient de fréquents éclairs. Nous gardions un silence mélancolique. On eût dit que la tristesse de l'atmosphère avait gagné nos cœurs, et nous nous sentions involontairement disposés aux larmes. Beppa surtout paraissait livrée à de douloureuses pensées. En vain l'abbé, qui s'effrayait des dispositions de l'assemblée, avait-il essayé, à plusieurs reprises et de toutes les manières, de ranimer la gaieté, ordinairement si vive de notre amie. Ni questions, ni taquineries, ni prières n'avaient pu la tirer de sa rêverie ; les yeux fixés au ciel, promenant au hasard ses doigts sur les cordes frémissantes de sa guitare, elle semblait avoir perdu le souvenir de ce qui se passait autour d'elle, et ne plus s'inquiéter d'autre chose que des sons plaintifs qu'elle faisait rendre à son instrument et de la course capricieuse des nuages. Le bon Panorio, rebuté par le mauvais succès de ses tentatives, prit le parti de s'adresser à moi.

« Allons ! me dit-il, cher Zorzi, essaye à ton tour, sur la belle capricieuse, le pouvoir de ton amitié. Il existe entre vous deux une sorte de sympathie magnétique, plus forte que tous mes raisonnements, et le son de ta voix réussit à la tirer de ses distractions les plus profondes.

— Cette sympathie magnétique dont tu me parles, répondis-je, cher abbé, vient de l'identité de nos sentiments. Nous avons souffert de la même manière et pensé les mêmes choses, et nous nous connaissons assez, elle et moi, pour savoir quel ordre d'idées nous rappellent les circonstances extérieures. Je vous parie que je devine, non pas l'objet, mais du moins la nature de sa rêverie. »

Et me tournant vers Beppa :

« Carissima, lui dis-je doucement, à laquelle de nos sœurs penses-tu ?

— A la plus belle, me répondit-elle sans se détourner, à la plus fière, à la plus malheureuse.

— Quand est-elle morte, repris-je, m'intéressant déjà à celle qui vivait dans le souvenir de ma noble amie, et désirant m'associer par mes regrets à une destinée qui ne pouvait pas m'être étrangère.

— Elle est morte à la fin de l'hiver dernier, la nuit du bal masqué qui s'est donné au palais Servilio. Elle avait résisté à bien des chagrins, elle était sortie victorieuse de bien des dangers, elle avait traversé, sans succomber, de terribles agonies, et elle est morte tout d'un coup sans laisser de trace, comme si elle eût été emportée par la foudre. Tout le monde ici l'a connue plus ou moins, mais personne autant que moi, parce que personne ne l'a autant aimée et qu'elle se faisait connaître selon qu'on l'aimait. Les autres ne croient pas à sa mort, quoiqu'elle n'ait pas reparu depuis la nuit dont je te parle. Ils disent qu'il lui est arrivé bien souvent de disparaître ainsi pendant longtemps, et de revenir ensuite. Mais moi je sais qu'elle ne reviendra plus et que son rôle est fini sur la terre. Je voudrais en douter que je ne le pourrais pas; elle a pris soin de me faire savoir la fatale vérité par celui-là même qui a été la cause de sa mort. Et quel malheur c'est là, mon Dieu! le plus grand malheur de ces époques malheureuses! C'était une vie si belle que la sienne! si belle et si pleine de contrastes, si mystérieuse, si éclatante, si triste, si magnifique, si enthousiaste, si austère, si voluptueuse, si complète en sa ressemblance avec toutes les choses humaines! Non, aucune vie ni aucune mort n'ont été semblables à celles-là. Elle avait trouvé le moyen, dans ce siècle prosaïque, de supprimer de son existence toutes les mesquines réalités, et de n'y laisser que la poésie. Fidèle aux vieilles coutumes de l'aristocratie nationale, elle ne se montrait qu'après la chute du jour, masquée, mais sans jamais se faire suivre de personne. Il n'est pas un habitant de la ville qui ne l'ait rencontrée errant sur les places ou dans les rues, pas un qui n'ait aperçu sa gondole attachée sur quelque canal; mais aucun ne l'a jamais vue en sortir ou y entrer. Quoique cette gondole ne fût gardée par personne, on n'a jamais entendu dire qu'elle eût été l'objet d'une seule tentative de vol. Elle était peinte et équipée comme toutes les autres gondoles, et pourtant tout le monde la connaissait; les enfants mêmes disaient en la voyant : « Voilà la gondole du masque. » Quant à la manière dont elle marchait, et à l'endroit d'où elle amenait le soir et où elle remmenait le matin sa maîtresse, nul ne le pouvait seulement soupçonner. Les douaniers gardes-côtes avaient bien vu souvent glisser une ombre noire sur les lagunes, et, la prenant pour une barque de contrebandier, lui avaient donné la chasse jusqu'en pleine mer; mais, le matin venu, ils n'avaient jamais rien aperçu sur les flots qui ressemblât à l'objet de leur poursuite, et, à la longue, ils avaient pris l'habitude de ne plus s'en inquiéter, et se contentaient de dire, en la revoyant : « Voilà encore la gondole du masque. » La nuit, le masque parcourait la ville entière, cherchant on ne sait quoi. On le voyait tour à tour sur les places les plus vastes et dans les rues les plus tortueuses, sur les ponts et sous la voûte des grands palais, dans les lieux les plus fréquentés ou les plus déserts. Il allait tantôt lentement, tantôt vite, sans paraître s'inquiéter de la foule ou de la solitude, mais ne s'arrêtait jamais. Il paraissait contempler avec une curiosité passionnée les maisons, les monuments, les canaux, et jusqu'au ciel de la ville, et savourer avec bonheur l'air qui y circulait. Quand il rencontrait une personne amie, il lui faisait signe de le suivre, et disparaissait bientôt avec elle. Plus d'une fois il m'a ainsi emmené, du sein de la foule, dans quelque lieu désert, et il s'est entretenu avec moi des choses que nous aimions. Je le suivais avec confiance, parce que je savais bien que nous étions amis; mais beaucoup de ceux à qui il faisait signe n'osaient pas se rendre à son invitation. Des histoires étranges circulaient sur son compte et glaçaient le courage des plus intrépides. On disait que plusieurs jeunes gens, croyant deviner une femme sous ce masque et sous cette robe noire, s'étaient enamourés d'elle, tant à cause de la singularité et du mystère de sa vie que de ses belles formes et de ses nobles allures; qu'ayant eu l'imprudence de la suivre, ils n'avaient jamais reparu. La police, ayant même remarqué que ces jeunes gens étaient tous Autrichiens, avait mis en jeu toutes ses manœuvres pour les retrouver et pour s'emparer de celle qu'on accusait de leur disparition. Mais les sbires n'avaient pas été plus heureux que les douaniers, et l'on n'avait jamais pu ni savoir aucune nouvelle des jeunes étrangers, ni mettre la main sur *elle*. Une aventure bizarre avait découragé les plus ardents limiers de l'inquisition viennoise. Voyant qu'il était impossible d'attraper le masque la nuit dans Venise, deux des argousins les plus zélés résolurent de l'attendre dans sa gondole même, afin de le saisir lorsqu'il y rentrerait pour s'éloigner. Un soir qu'ils la virent attachée au quai des Esclavons, ils descendiernt dedans et s'y cachèrent. Ils y restèrent toute la nuit sans voir ni entendre personne; mais, une heure environ avant le jour, ils crurent s'apercevoir que quelqu'un détachait la barque. Ils se levèrent en silence, et s'apprêtèrent à sauter sur leur proie; mais au même instant un terrible coup de pied fit chavirer la gondole et les malencontreux agents de l'ordre public autrichien. Un d'eux se noya, et l'autre ne dut la vie qu'au secours que lui portèrent des contrebandiers. Le lendemain matin il n'y avait point trace de la barque, et la police put croire qu'elle était submergée; mais le soir on la vit attachée à la même place, et dans le même état que la veille. Alors une terreur superstitieuse s'empara de tous les argousins, et pas un ne voulut recommencer la tentative de la veille. Depuis ce jour on ne chercha plus à inquiéter le masque, qui continua ses promenades comme par le passé.

Au commencement de l'automne dernier, il vint ici en garnison un officier autrichien, nommé le comte Franz Lichtenstein. C'était un jeune homme enthousiaste et passionné, qui avait en lui le germe de tous les grands sentiments et comme un instinct des nobles pensées. Malgré sa mauvaise éducation de grand seigneur, il avait su garantir son esprit de tout préjugé, et garder dans son cœur une place pour la liberté. Sa position le forçait à dissimuler en public ses idées et ses goûts; mais dès que son service était achevé, il se hâtait de quitter son uniforme, auquel lui semblaient indissolublement liés tous les vices du gouvernement qu'il servait, et courait auprès des nouveaux amis que par sa bonté et son esprit il s'était faits dans la ville. Nous aimions surtout à l'entendre parler de Venise. Il l'avait vue en artiste, avait déploré intérieurement sa servitude, et était arrivé à l'aimer autant qu'un Vénitien. Il ne se lassait pas de la parcourir nuit et jour, ne se lassant pas de l'admirer. Il voulait, disait-il, la connaître mieux que ceux qui avaient le bonheur d'y être nés. Dans ses promenades nocturnes il rencontra le masque. Il n'y fit pas d'abord grande attention; mais ayant bientôt remarqué qu'il paraissait étudier la ville avec la même curiosité et le même soin que lui-même, il fut frappé de cette étrange coïncidence, et en parla à plusieurs personnes. On lui conta tout d'abord les histoires qui couraient sur la femme voilée, et on lui conseilla de prendre garde à lui. Mais comme il était brave jusqu'à la témérité, ces avertissements, au lieu de l'effrayer, excitèrent sa curiosité et lui inspirèrent une folle envie de faire connaissance avec le personnage mystérieux qui épouvantait si fort le vulgaire. Voulant garder vis-à-vis du masque le même incognito que celui-ci gardait vis-à-vis de lui, il s'habilla en bourgeois, et commença ses promenades nocturnes. Il ne tarda pas à rencontrer ce qu'il cherchait. Il vit, par un beau clair de lune, la femme masquée, debout devant la charmante église de *Saints-Jean-et-Paul*. Elle semblait contempler avec adoration les ornements délicats qui en décorent le portail. Le comte s'approcha d'elle à pas lents et silencieux. Elle ne parut pas s'en apercevoir et ne bougea pas. Le comte, qui s'était arrêté un instant pour voir s'il était découvert, reprit sa marche et arriva tout près d'elle. Il l'entendit pousser un profond soupir; et comme il savait fort mal le vénitien, mais fort bien l'italien, il lui adressa la parole dans un toscan très-pur.

« Salut, dit-il, salut et bonheur à ceux qui aiment Venise.

— Qui êtes-vous? répondit le masque, d'une voix pleine et sonore comme celle d'un homme, mais douce comme celle d'un rossignol.

— Je suis un amant de la beauté.

— Êtes-vous de ceux dont l'amour brutal violente la

beauté libre, ou de ceux qui s'agenouillent devant la beauté captive, et pleurent de ses larmes?

— Quand le roi des nuits voit la rose fleurir joyeusement sous l'haleine de la brise, il bat des ailes et chante; quand il la voit se flétrir sous le souffle brûlant de l'orage, il cache sa tête sous son aile et gémit. Ainsi fait mon âme.

— Suis-moi donc, car tu es un de mes fidèles. »

Et, saisissant la main du jeune homme, elle l'entraîna vers l'église. Quand celui-ci sentit cette main froide de l'inconnue serrer la sienne, et la vit se diriger avec lui vers le sombre enfoncement du portail, il se rappela involontairement les sinistres histoires qu'il avait entendu raconter, et, tout à coup saisi d'une terreur panique, il s'arrêta. Le masque se retourna, et, fixant sur le visage pâlissant de son compagnon un regard scrutateur, il lui dit :

« Vous avez peur? Adieu. »

Puis, lui lâchant le bras, elle s'éloigna à grands pas. Franz eut honte de sa faiblesse, et, se précipitant vers elle, lui saisit la main à son tour et lui dit :

« Non, je n'ai pas peur. Allons. »

Sans rien répondre, elle continua sa marche. Mais, au lieu de se diriger vers l'église, comme la première fois, elle s'enfonça dans une des petites rues qui donnent sur la place. La lune s'était cachée, et l'obscurité la plus complète régnait dans la ville. Franz voyait à peine où il posait le pied, et ne pouvait rien distinguer dans les ombres profondes qui l'enveloppaient de toutes parts. Il suivait au hasard son guide, qui semblait au contraire connaître très-bien sa route. De temps en temps quelques lueurs, glissant à travers les nuages, venaient montrer à Franz le bord d'un canal, un pont, une voûte, ou quelque partie inconnue d'un dédale de rues profondes et tortueuses; puis tout retombait dans l'obscurité. Franz avait bien vite reconnu qu'il était perdu dans Venise, et qu'il se trouvait à la merci de son guide; mais résolu à tout braver, il ne témoigna aucune inquiétude, et se laissa toujours conduire sans faire aucune observation. Au bout d'une grande heure, la femme masquée s'arrêta.

« C'est bien, dit-elle au comte, vous avez du cœur. Si vous aviez donné le moindre signe de crainte pendant notre course, je ne vous eusse jamais reparlé. Mais vous avez été impassible, je suis contente de vous. A demain donc, sur la place Saints-Jean-et-Paul, à onze heures. Ne cherchez pas à me suivre; ce serait inutile. Tournez cette rue à droite, et vous verrez la place Saint-Marc. Au revoir. »

Elle serra vivement la main du comte, et, avant qu'il eût eu le temps de lui répondre, disparut derrière l'angle de la rue. Le comte resta quelque temps immobile, encore tout étonné de ce qui venait de se passer, et indécis sur ce qu'il avait à faire. Mais, ayant réfléchi au peu de chances qu'il avait de retrouver la dame mystérieuse, et aux risques qu'il courrait de se perdre en la poursuivant, il prit le parti de retourner chez lui. Il suivit donc la rue à droite, se trouva en effet, au bout de quelques minutes, sur la place Saint-Marc, et de là regagna facilement son hôtel.

Le lendemain il fut fidèle au rendez-vous. Il arriva sur la place comme l'horloge de l'église sonnait onze heures. Il vit la femme masquée qui l'attendait debout sur les marches du portail.

« C'est bien, lui dit-elle, vous êtes exact. Entrons. »

En disant cela, elle se retourna brusquement vers l'église. Franz, qui voyait la porte fermée, et qui savait qu'elle ne s'ouvrait pour personne la nuit, crut que cette femme était folle. Mais quelle ne fut pas sa surprise en voyant que la porte cédait au premier effort! Il suivit machinalement son guide, qui referma rapidement la porte après qu'il fut entré. Ils se trouvaient alors tous deux dans les ténèbres; mais Franz, se rappelant qu'une seconde porte, sans serrure, le séparait encore de la nef, ne conçut aucune inquiétude, et s'apprêta à la pousser devant lui pour entrer. Mais elle l'arrêta par le bras.

« Êtes-vous jamais venu dans cette église? lui demanda-t-elle brusquement.

— Vingt fois, répondit-il, et je la connais aussi bien que l'architecte qui l'a bâtie.

— Dites que vous croyez la connaître, car vous ne la connaissez réellement pas encore. Entrez. »

Franz poussa la seconde porte et pénétra dans l'intérieur de l'église. Elle était magnifiquement illuminée de toutes parts et complétement déserte.

« Quelle cérémonie va-t-on célébrer ici? demanda Franz stupéfait.

— Aucune. L'église m'attendait ce soir : voilà tout. Suivez-moi. »

Le comte chercha en vain à comprendre le sens des paroles que lui adressait le masque; mais, toujours subjugué par un pouvoir mystérieux, il le suivit avec obéissance. Elle le mena au milieu de l'église, lui en fit remarquer, comprendre et admirer l'ordonnance générale. Puis, passant à l'examen de chaque partie, elle lui détailla tour à tour la nef, les colonnades, les chapelles, les autels, les statues, les tableaux, tous les ornements; lui montra le sens de chaque chose, lui dévoila l'idée cachée sous chaque forme, lui fit sentir toutes les beautés des œuvres qui composaient l'ensemble, et le fit pénétrer, pour ainsi dire, dans les entrailles de l'église. Franz écoutait avec une attention religieuse toutes les paroles de cette bouche éloquente qui se plaisait à l'instruire, et, de moment en moment, reconnaissait combien peu il avait compris auparavant cet ensemble d'œuvres qui lui avaient semblé si faciles à comprendre. Quand elle finit, les lueurs du matin, pénétrant à travers les vitraux, faisaient pâlir la lueur des cierges. Quoiqu'elle eût parlé plusieurs heures et qu'elle ne se fût pas assise un instant pendant toute la nuit, ni sa voix ni son corps ne trahissaient aucune fatigue. Seulement sa tête s'était penchée sur son sein, qui battait avec violence, et semblait écouter les soupirs qui s'en exhalaient. Tout à coup elle redressa la tête, et, levant ses deux bras au ciel, elle s'écria :

« O servitude! servitude! »

A ces paroles, des larmes roulant de dessous son masque allèrent tomber sur les plis de sa robe noire.

« Pourquoi pleurez-vous? s'écria Franz en s'approchant d'elle.

— A demain, lui répondit-elle. A minuit, devant l'Arsenal. »

Et elle sortit par la porte latérale de gauche, qui se referma lourdement. Au même moment l'*Angelus* sonna. Franz, saisi par le bruit inattendu de la cloche, se retourna, et vit que tous les cierges étaient éteints. Il resta quelque temps immobile de surprise; puis il sortit de l'église par la grande porte, que les sacristains venaient d'ouvrir, et s'en retourna lentement chez lui, cherchant à deviner quelle pouvait être cette femme si hardie, si artiste, si puissante, si pleine de charme dans ses paroles et de majesté dans sa démarche.

Le lendemain, à minuit, le comte était devant l'Arsenal. Il y trouva le masque, qui l'attendait comme la veille, et qui, sans lui rien dire, se mit à marcher rapidement devant lui. Franz le suivit comme les deux nuits précédentes. Arrivé devant une des portes latérales de droite, le masque s'arrêta, introduisit dans la serrure une clef d'or que Franz vit briller aux rayons de la lune, ouvrit sans faire aucun bruit, et entra la première, en faisant signe à Franz d'entrer après elle. Celui-ci hésita un instant. Pénétrer la nuit dans l'Arsenal, à l'aide d'une fausse clef, c'était s'exposer à passer devant un conseil de guerre, si l'on était découvert; et il était presque impossible de ne pas l'être dans un endroit peuplé de sentinelles. Mais, en voyant le masque s'apprêter à refermer la porte devant lui, il se décida tout d'un coup à poursuivre l'aventure jusqu'au bout, et entra. La femme masquée lui fit traverser d'abord plusieurs cours, ensuite des corridors et des galeries, dont elle ouvrait toutes les portes avec sa clef d'or, et finit par l'introduire dans de vastes salles remplies d'armes de tout genre et de tout temps, qui avaient servi dans les guerres de la république, soit à ses défenseurs, soit à ses ennemis. Ces salles se trouvaient éclairées par des fanaux de galères, placés à égales distances entre les trophées. Elle montra au comte les armes les plus cu-

Que dites-vous de cette femme? (Page 30.)

rieuses et les plus célèbres, lui disant le nom de ceux à qui elles avaient appartenu, et celui des combats où elles avaient été employées, lui racontant en détail les exploits dont elles avaient été les instruments. Elle fit revivre ainsi aux yeux de Franz toute l'histoire de Venise. Après avoir visité les quatre salles consacrées à cette exposition, elle l'emmena dans une dernière, plus vaste que toutes les autres et éclairée comme elles, où se trouvaient des bois de construction, des débris de navires de différentes grandeurs et de différentes formes, et des parties entières du dernier *Bucentaure*. Elle apprit à son compagnon la propriété de tous les bois, l'usage des navires, l'époque à laquelle ils avaient été construits, et le nom des expéditions dont ils avaient fait partie; puis, lui montrant la galerie du *Bucentaure :*

« Voilà, lui dit-elle d'une voix profondément triste, les restes d'une royauté passée. C'est là le dernier navire qui ait mené le doge épouser la mer. Maintenant Venise est esclave, et les esclaves ne se marient point. O servitude! ô servitude!

Comme la veille, elle sortit après avoir prononcé ces paroles, mais emmenant cette fois à sa suite le comte, qui ne pouvait sans danger rester à l'Arsenal. Ils s'en retournèrent de la même manière qu'ils étaient venus, et franchirent la dernière porte sans avoir rencontré personne. Arrivés sur la place, ils prirent un nouveau rendez-vous pour lendemain, et se séparèrent.

Le lendemain et tous les jours suivants, elle mena Franz dans les principaux monuments de la ville, l'introduisant partout avec une incompréhensible facilité, lui expliquant avec une admirable clarté tout ce qui se présentait à leurs yeux, déployant devant lui de merveilleux trésors d'intelligence et de sensibilité. Celui-ci ne savait lequel admirer le plus, d'un esprit qui comprenait si profondément toutes choses, ou d'un cœur qui mêlait à toutes ses pensées de si beaux élans de sensibilité. Ce qui n'avait d'abord été chez lui qu'une fantaisie se changea bientôt en un sentiment réel et profond. C'était la curiosité qui l'avait porté à nouer connaissance avec le masque, et l'étonnement qui l'avait fait continuer. Mais ensuite l'habitude qu'il avait prise de le voir toutes les nuits devint pour lui une véritable nécessité. Quoique les paroles de l'inconnue fussent toujours graves et souvent tristes, Franz y trouvait un charme indéfinissable qui l'attachait à elle de plus en plus, et il n'eût pu s'endormir, au lever du jour, s'il n'avait, la nuit, entendu ses soupirs et vu couler ses larmes. Il avait pour la grandeur et les souffrances qu'il soupçonnait en elle un respect si sincère et si profond, qu'il n'avait encore osé la prier ni d'ôter son masque, ni de lui dire son nom. Comme elle ne lui avait pas demandé le sien, il eût rougi de se montrer plus curieux et plus indiscret qu'elle, et il était résolu à tout attendre de son bon plaisir, et rien de sa propre importunité. Elle sembla comprendre la délicatesse de sa conduite et lui en savoir gré; car, à chaque entrevue, elle lui témoigna plus de confiance et de sympathie. Quoiqu'il n'eût pas été prononcé entre eux un seul mot d'amour, Franz eut donc lieu de croire qu'elle connaissait sa passion et se sentait disposée à la partager. Ses espérances suffisaient presque à son bonheur; et quand il se sentait un désir plus vif de connaître celle qu'il nommait déjà intérieurement sa maîtresse, son imagination, frappée et comme rassurée par le merveilleux qui l'entourait, la lui peignait si parfaite et si belle, qu'il redoutait en quelque sorte le moment où elle se dévoilerait à lui.

Une nuit qu'ils erraient ensemble sous les colonnades de Saint-Marc, la femme masquée fit arrêter Franz devant un tableau qui représentait une fille agenouillée devant le saint patron de la basilique et de la ville.

« Que dites-vous de cette femme? lui dit-elle après lui avoir laissé le temps de la bien examiner.

— C'est, répondit-il, la plus merveilleuse beauté que l'on puisse, non pas voir, mais imaginer. L'âme inspirée de l'artiste a pu nous en donner la divine image, mais le modèle n'en peut exister qu'aux cieux. »

La femme masquée serra fortement la main de Franz.

« Moi, reprit-elle, je ne connais pas de visage plus beau que celui du glorieux saint Marc, et je ne saurais aimer d'autre homme que celui qui en est la vivante image. »

En entendant ces mots, Franz pâlit et chancela comme frappé de vertige. Il venait de reconnaître que le visage du saint offrait avec le sien la plus exacte ressemblance. Il tomba à genoux devant l'inconnue, et, saisissant sa main, la baigna de ses larmes, sans pouvoir prononcer une parole.

« Je sais maintenant que tu m'appartiens, lui dit-elle d'une voix émue, et que tu es digne de me connaître et de me posséder. A demain, au bal du palais Servilio. »

Puis elle le quitta comme les autres fois, mais sans prononcer les paroles, pour ainsi dire sacramentelles, qui terminaient ses entretiens de chaque nuit. Franz, ivre de joie, erra tout le jour dans la ville, sans pouvoir s'arrêter nulle part. Il admirait le ciel, souriait aux lagunes, saluait les maisons, et parlait au vent. Tous ceux qui le rencontraient le prenaient pour un fou et le lui montraient par leurs regards. Il s'en apercevait, et riait de la folie de ceux qui raillaient la sienne. Quand ses amis lui demandaient ce qu'il avait fait depuis un mois qu'on ne le voyait plus, il leur répondait: « Je vais être heureux », et passait. Le soir venu, il alla acheter une magnifique écharpe et des épaulettes neuves, rentra chez lui pour s'habiller, mit le plus grand soin à sa toilette, et se rendit ensuite, revêtu de son uniforme, au palais Servilio.

Le bal était magnifique; tout le monde, excepté les officiers de la garnison, était venu déguisé, selon la teneur des lettres d'invitation, et cette multitude de costumes variés et élégants, se mêlant et s'agitant au son d'un nombreux orchestre, offrait l'aspect le plus brillant et le plus animé. Franz parcourut toutes les salles, s'approcha de tous les groupes, et jeta les yeux sur toutes les femmes. Plusieurs étaient remarquablement belles, et pourtant aucune ne lui parut digne d'arrêter ses regards.

« Elle n'est pas ici, se dit-il en lui-même. J'en étais sûr; ce n'est pas encore son heure. »

Il alla se placer derrière une colonne, auprès de l'entrée principale, et attendit, les yeux fixés sur la porte. Bien des fois cette porte s'ouvrit; bien des femmes entrèrent sans faire battre le cœur de Franz. Mais, au moment où l'horloge allait sonner onze heures, il tressaillit, et s'écria assez haut pour être entendu de ses voisins:

« La voilà! »

Tous les yeux se tournèrent vers lui, comme pour lui demander le sens de son exclamation. Mais, au même instant, les portes s'ouvrirent brusquement, et une femme qui entra attira sur elle tous les regards. Franz la reconnut tout de suite. C'était la jeune fille du tableau, vêtue en dogaresse du XVe siècle, et rendue plus belle encore par la magnificence de son costume. Elle s'avançait d'un pas lent et majestueux, regardant avec assurance autour d'elle, ne saluant personne, comme si elle eût été la reine du bal. Personne, excepté Franz, ne la connaissait; mais tout le monde, subjugué par sa merveilleuse beauté et son air de grandeur, s'écartait respectueusement et s'inclinait presque sur son passage. Franz, à la fois ébloui et enchanté, la suivait d'assez loin. Au moment où elle arrivait dans la dernière salle, un beau jeune homme, portant le costume de Tasso, chantait, en s'accompagnant sur la guitare, une romance en l'honneur de Venise. Elle marcha droit à lui, et, le regardant fixement, lui demanda qui il était pour oser porter un pareil costume et chanter Venise. Le jeune homme, atterré par ce regard, baissa la tête en pâlissant, et lui tendit sa guitare. Elle la prit, et, promenant au hasard sur les cordes ses doigts blancs comme l'albâtre, elle entonna à son tour, d'une voix harmonieuse et puissante, un chant bizarre et souvent entrecoupé:

« Dansez, riez, chantez, gais enfants de Venise! Pour vous, l'hiver n'a point de frimas, la nuit pas de ténèbres, la vie pas de soucis. Vous êtes les heureux du monde, et Venise est la reine des nations. Qui a dit non? Qui donc ose penser que Venise n'est pas toujours Venise? Prenez garde! Les yeux voient, les oreilles entendent, les langues parlent; craignez le conseil des Dix, si vous n'êtes pas de bons citoyens. Les bons citoyens, dansent, rient et chantent, mais ne parlent pas. Dansez, riez, chantez, gais enfants de Venise! — Venise, seule ville qui n'ait pas été créée par la main, mais par l'esprit de l'homme, toi qui sembles faite pour servir de demeure passagère aux âmes des justes, et placée comme un degré pour elles de la terre aux cieux; murs qu'habitèrent les fées, et qu'anime encore un souffle magique; colonnades aériennes qui tremblez dans la brume; aiguilles légères qui vous confondez avec les mâts flottants des navires; arcades qui semblez contenir mille voix pour répondre à chaque voix qui passe; myriades d'anges et de saints qui semblez bondir sur les coupoles et agiter vos ailes de marbre et de bronze quand la brise court sur vos fronts humides; cité qui ne gis pas, comme les autres, sur un sol morne et fangeux, mais qui flottes, comme une troupe de cygnes, sur les ondes, réjouissez-vous, réjouissez-vous, réjouissez-vous! Une destinée nouvelle s'ouvre pour vous, aussi belle que la première. L'aigle noir flotte au-dessus du lion de Saint-Marc, et des pieds tudesques valsent dans le palais des doges! — Taisez-vous, harmonie de la nuit! Éteignez-vous, bruits insensés du bal! Ne te fais plus entendre, saint cantique des pêcheurs; cesse de murmurer, voix de l'Adriatique! Meurs, lampe de la Madone; cache-toi pour jamais, reine argentée de la nuit! il n'y a plus de Vénitiens dans Venise! — Rêvons-nous, sommes-nous en fête? Oui, oui, dansons, rions, chantons! C'est l'heure où l'ombre de Faliero descend lentement l'escalier des Géants, et s'assied immobile sur la dernière marche. Dansons, rions, chantons! car tout à l'heure la voix de l'horloge dira: Minuit! et le chœur des morts viendra crier à nos oreilles! Servitude! servitude! »

En achevant ces mots, elle laissa tomber sa guitare qui rendit un son funèbre en heurtant les dalles, et l'horloge sonna. Tout le monde écouta sonner les douze coups dans un silence sinistre. Alors le maître du palais s'avança vers l'inconnue d'un air moitié effrayé, moitié irrité.

« Madame, lui dit-il d'une voix émue, qui m'a fait l'honneur de vous amener chez moi?

— Moi, s'écria Franz en s'avançant; et si quelqu'un le trouve mauvais, qu'il parle. »

L'inconnue, qui n'avait pas paru faire attention à la question du maître, leva vivement la tête en entendant la voix du comte.

« Je vis, s'écria-t-elle avec enthousiasme, je vivrai. »

Et elle se retourna vers lui avec un visage rayonnant. Mais, quand elle l'eut vu, ses joues pâlirent, et son front se chargea d'un sombre nuage.

« Pourquoi avez-vous pris ce déguisement? lui dit-elle d'un ton sévère en lui montrant son uniforme.

— Ce n'est point un déguisement, répondit-il, c'est... »

Il n'en put dire davantage. Un regard terrible de l'inconnue l'avait comme pétrifié. Elle le considéra quelques secondes en silence, puis laissa tomber de ses yeux deux grosses larmes. Franz allait s'élancer vers elle. Elle ne lui en laissa pas le temps.

« Suivez-moi », lui dit-elle d'une voix sourde.

Puis elle fendit rapidement la foule étonnée, et sortit du bal suivie du comte.

Arrivée au bas de l'escalier du palais, elle sauta dans sa gondole, et dit à Franz d'y monter après elle et de s'asseoir. Quand il l'eut fait, il jeta les yeux autour de lui, et n'apercevant point de gondolier :

« Qui nous conduira? dit-il.

— Moi, répondit-elle en saisissant la rame d'une main vigoureuse.

— Laissez-moi plutôt.

— Non. Les mains autrichiennes ne connaissent pas la rame de Venise. »

Et, imprimant à la gondole une forte secousse, elle la lança comme une flèche sur le canal. En peu d'instants ils furent loin du palais. Franz, qui attendait de l'inconnue l'explication de sa colère, s'étonnait et s'inquiétait de lui voir garder le silence.

« Où allons-nous? dit-il après un moment de réflexion.

— Où la destinée veut que nous allions, » répondit-elle d'une voix sombre; et, comme si ces mots eussent ranimé sa colère, elle se mit à ramer avec plus de vigueur encore. La gondole, obéissant à l'impulsion de sa main puissante, semblait voler sur les eaux. Franz voyait l'écume courir avec une éblouissante rapidité le long des flancs de la barque, et les navires qui se trouvaient sur leur passage, fuir derrière lui comme des nuages emportés par l'ouragan. Bientôt les ténèbres s'épaissirent, le vent se leva, et le jeune homme n'entendit plus rien que le clapotement des flots et les sifflements de l'air dans ses cheveux; et il ne vit plus rien devant lui que la grande forme blanche de sa compagne au milieu de l'ombre. Debout à la poupe, les mains sur la rame, les cheveux épars sur les épaules, et ses longs vêtements blancs en désordre abandonnés au vent, elle ressemblait moins à une femme qu'à l'esprit des naufrages se jouant sur la mer orageuse.

« Où sommes-nous? s'écria Franz d'une voix agitée.

— Le capitaine a peur? » répondit l'inconnue avec un rire dédaigneux.

Franz ne répondit pas. Il sentait qu'elle avait raison et que la peur le gagnait. Ne pouvant la maîtriser, il voulait au moins la dissimuler, et résolut de garder le silence. Mais, au bout de quelques instants, saisi d'une sorte de vertige, il se leva et marcha vers l'inconnue.

« Asseyez-vous, » lui cria celle-ci.

Franz, que sa peur rendait furieux, avançait toujours.

« Asseyez-vous, » lui répéta-t-elle d'une voix furieuse; et, voyant qu'il continuait à avancer, elle frappa du pied avec tant de violence, que la barque trembla, comme si elle eût voulu chavirer. Franz fut renversé par la secousse et tomba évanoui au fond de la barque. Quand il revint à lui, il vit l'inconnue qui pleurait, couchée à ses pieds. Touché de son amère douleur, et oubliant tout ce qui venait de se passer, il la saisit dans ses bras, la releva et la fit asseoir à côté de lui; mais elle ne cessait pas de pleurer.

« O mon amour! s'écria Franz en la serrant contre son cœur, pourquoi ces larmes?

— Le Lion! le Lion! » lui répondit-elle en levant vers le ciel son bras de marbre.

Franz porta ses regards vers le point du ciel qu'elle lui montrait, et vit en effet la constellation du Lion qui brillait solitaire au milieu des nuages.

« Qu'importe? Les astres ne peuvent rien sur nos destinées; et s'ils pouvaient quelque chose, nous trouverions des constellations favorables pour lutter contre les étoiles funestes.

— Vénus est couchée, hélas! et le Lion se lève. Et là-bas! regarde là-bas! qui peut lutter contre ce qui vient là-bas! »

Elle prononça ces mots avec une sorte d'égarement, en abaissant le bras vers l'horizon. Franz tourna les yeux vers le côté qu'elle désignait, et vit un point noir qui se dessinait sur les flots au milieu d'une auréole de feu.

« Qu'est-ce là? dit-il avec un profond étonnement.

— C'est le destin, répondit-elle, qui vient chercher sa victime. Laquelle? vas-tu dire. Celle que je voudrai. Tu as bien entendu parler de ces gentilshommes autrichiens qui montèrent avec moi dans ma gondole, et ne reparurent jamais?

— Oui. Mais cette histoire est fausse.

— Elle est vraie. Il faut que je dévore ou que je sois dévorée. Tout homme de ta nation qui m'aime et que je n'aime pas, meurt. Et tant que je n'en aimerai pas un, je vivrai et je ferai mourir. Et si j'en aime un, je mourrai. C'est mon sort.

— O mon Dieu! qui donc es-tu?

— Comme il avance! Dans une minute il sera sur nous. Entends-tu? entends-tu? »

Le point noir s'était approché avec une inconcevable rapidité, et avait pris la forme d'un immense bateau. Une lumière rouge sortait de ses flancs et l'entourait de toutes parts; de grands fantômes se tenaient immobiles sur le pont, et une quantité innombrable de rames s'élevait et s'abaissait en cadence, frappant l'onde avec un bruit sinistre, et des voix caverneuses chantaient le *Dies iræ* en s'accompagnant de bruits de chaînes.

« O la vie! ô la vie! reprit l'inconnue avec désespoir. O Franz! voici le navire! le reconnais-tu?

— Non; je tremble devant cette apparition terrible, mais je ne la connais pas.

— C'est le *Bucentaure*. C'est lui qui a englouti tes compatriotes. Ils étaient ici, à cette même place, à cette même heure, assis à côté de moi, dans cette gondole. Le navire s'est approché comme il s'approche. Une voix m'a crié : Qui vive? j'ai répondu : Autriche. La voix m'a crié : Hais-tu ou aimes-tu? J'ai répondu : Je hais; et la voix m'a dit : Vis. Puis le navire a passé sur la gondole, a englouti tes compatriotes, et m'a portée en triomphe sur les flots.

— Et aujourd'hui?...

— Hélas! la voix va parler. »

En effet, une voix lugubre et solennelle, imposant silence au funèbre équipage du *Bucentaure*, cria : « Qui vive?

— Autriche », répondit la voix tremblante de l'inconnue.

Un chœur de malédiction éclata sur le *Bucentaure* qui s'approchait avec une rapidité toujours croissante. Puis un nouveau silence se fit, et la voix reprit :

« Hais-tu ou aimes-tu? »

L'inconnue hésita un moment; puis, d'une voix éclatante comme le tonnerre, elle s'écria : « J'aime! »

Alors la voix dit :

« Tu as accompli ta destinée. Tu aimes l'Autriche! Meurs, Venise! »

Un grand cri, un cri déchirant, désespéré, fendit l'air, et Franz disparut dans les flots. En remontant à la surface, il ne vit plus rien, ni la gondole, ni le *Bucentaure*, ni sa bien-aimée. Seulement, à l'horizon, brillaient de petites lumières; c'étaient les fanaux des pêcheurs de Murano. Il nagea du côté de leur île, et y arriva au bout d'une heure. Pauvre Venise! »

Beppa avait fini de parler; des larmes coulaient de ses yeux. Nous les regardâmes couler en silence, sans chercher à la consoler. Mais tout d'un coup elle les essuya, et nous dit avec sa vivacité capricieuse : « Eh bien ! qu'avez-vous donc à être si tristes ? Est-ce là l'effet que produisent sur vous les contes de fées ? N'avez-vous jamais entendu parler de l'*Orco*, le *Trilby* vénitien ? Ne l'avez-vous jamais rencontré le soir dans les églises ou au Lido ? C'est un bon diable, qui ne fait de mal qu'aux oppresseurs et aux traîtres. On peut dire que c'est le véritable génie de Venise. Mais le vice-roi, ayant appris indirectement et confusément l'aventure périlleuse du comte de Lichtenstein, fit prier le patriarche de faire un grand exorcisme sur les lagunes, et depuis ce temps l'*Orco* n'a point reparu. »

GEORGE SAND.

FIN DE L'ORCO.

PARIS. — TYPOGRAPHIE WALDER, RUE BONAPARTE, 44.

www.ingramcontent.com/pod-product-compliance
Ingram Content Group UK Ltd.
Pitfield, Milton Keynes, MK11 3LW, UK
UKHW020457230726
13925UKWH00005B/1996

9 782019 168834